文春文庫

秋山久蔵御用控

口封じ

藤井邦夫

文藝春秋

目次

「秋山久蔵御用控」江戸略地図

実際の縮尺とは異なります

日本橋を南に渡り、日本橋通りを進むと京橋に出る。京橋は八丁堀に架かっており、尚も南に新両替町、銀座町と進み、四丁目の角を右手に曲がると外堀の数寄屋河岸に出る。そこに架かっているのが数寄屋橋御門であり、渡ると南町奉行所があった。南町奉行所には〝剃刀久蔵〟と呼ばれ、悪人を震え上がらせる一人の与力がいた……

秋山久蔵御用控・登場人物

秋山久蔵（あきやまきゅうぞう）
南町奉行所吟味方与力。〝剃刀久蔵〟と称され、悪人たちに恐れられている。何者にも媚びへつらわず、自分のやり方で正義を貫く。「町奉行所の役人は、お奉行の為に働いてるんじゃねえ、江戸八百八町で真面目に暮らしてる庶民の為に働いているんだ。違うかい」（久蔵の言葉）。心形刀流の使い手。普段は温和な人物だが、悪党に対しては、情け無用の冷酷さを秘めている。

弥平次（やへいじ）
柳橋の弥平次。秋山久蔵から手札を貰う岡っ引。柳橋の船宿『笹舟』の主人でもある。〝柳橋の親分〟と呼ばれる。若い頃は、江戸の裏社会に通じた遊び人。

神崎和馬（かんざきかずま）
南町奉行所定町廻り同心。秋山久蔵の部下。二十歳過ぎの若者。

稲垣源十郎（いながきげんじゅうろう）
南町奉行所定町廻り筆頭同心。

蛭子市兵衛（えびすいちべえ）
南町奉行所臨時廻り同心。久蔵からその探索能力を高く評価されている人物。妻が下男と逃げてから他人との接触を出来るだけ断っている。凧作りの名人で凧職人として生きていけるほどの腕前。

白縫半兵衛（しらぬいはんべえ）
北町奉行所の老練な臨時廻り同心。〝知らぬ顔の半兵衛さん〟と称される。〝南の久蔵〟〝北の半兵衛〟とも呼ばれ、一目置かれる人物。

香織（かおり）
久蔵の後添え。亡き妻・雪乃の妹。

与平、お福（よへい、おふく）
親の代からの秋山家の奉公人。

幸吉（こうきち）
弥平次の下っ引。

寅吉、雲海坊、由松、勇次、長八（とらきち、うんかいぼう、よしまつ、ゆうじ、ちょうはち）
鋳掛屋の寅吉、托鉢坊主の雲海坊、しゃぼん玉売りの由松、船頭の勇次。弥平次の手先として働くものたち。長八は手先から外れ、蕎麦屋を営んでいる。

伝八（でんぱち）
船頭。『笹舟』一番の手練。

おまき
弥平次の女房。『笹舟』の女将。

お糸（おいと）
弥平次、おまき夫婦の養女。

秋山久蔵御用控

口封じ

第一話

隠れ蓑

一

長月《ながつき》――九月。

夜が長くなる秋、江戸の町は秋祭りで賑《にぎ》わう。

神田明神《かんだみようじん》は祭礼が近づき、境内《けいだい》には御神楽《おかぐら》の笛や太鼓の音が響き渡っていた。

伝説によれば、京都でさらし首にされた平将門《たいらのまさかど》の首が、宙を飛んで落ちた処が現在の大手町《おおてまち》であり、胴を葬った処が神田明神だとされる。

神田明神祭は、山王権現祭《さんのうごんげん》と共に江戸を代表する大規模な祭礼であり、行列が江戸城内に入るのを許されているところから〝天下祭〟などと呼ばれていた。

境内は、参拝客と祭礼の仕度《したく》に忙しく、賑わっていた。

岡っ引の柳橋《やなぎばし》の弥平次《やへいじ》は、神田明神の禰宜《ねぎ》に招かれて下っ引の幸吉《こうきち》を従えて訪れた。

本来、神社仏閣などは、寺社奉行の支配の許にあって町奉行所に関わりはない。

しかし、神田明神の禰宜は、祭礼の人出を狙う掏摸《すり》や盗みの被害を少しでも抑える為、例年通り柳橋の弥平次に密かな警戒を依頼した。

弥平次は、禰宜の依頼を引き受けて幸吉と共に境内に出た。

境内は賑わっていた。

「親分……」

幸吉が厳しい声音《こわね》で囁《ささや》いた。

「どうした」

「妻恋《つまこい》のおりんです」

幸吉は、人込みを行く粋な姿の女を示した。

粋な女は、妻恋のおりんという名の女掏摸だった。

おりんは、大店《おおだな》の旦那風の初老の男の背後を進んでいた。

「追ってみな」

弥平次は命じた。

「はい」

幸吉は、妻恋のおりんを追って人込みに入って行った。

弥平次は幸吉を見送り、柳橋の船宿『笹舟《ささぶね》』に戻ろうとした。刹那《せつな》、弥平次の背中を激痛が突き抜けた。

刺された……。

弥平次は、崩れ落ちそうになる身体を懸命に支え、背後を振り返った。手拭《てぬぐい》で頬《ほお》被《かむ》りをし、菅笠《すげがさ》で顔を隠した百姓姿の男が、弥平次の背に匕首《あいくち》を突き刺していた。

「手前……」

弥平次は、苦しげに顔を歪《ゆが》め、身体ごと振り返って男に摑《つか》み掛かった。菅笠が傾き、頬被りの手拭がずれた。左頬の刀傷が僅《わず》かに見えた。頬被りに菅笠の男は、血まみれの匕首を握り締めて飛び退《の》いて躱《かわ》した。

近くにいた町娘が甲高《かんだか》い悲鳴をあげた。

頬被りに菅笠の男は、周囲にいた人々を突き飛ばさんばかりの勢いで逃げて行く。

弥平次は追い掛けようとした。だが、背中の傷がそれを許さなかった。弥平次は、激痛に意識が薄れて行くのを感じ、その場に膝をついて前のめりに倒れた。

人々は悲鳴をあげて弥平次を取り巻き、境内は騒然となった。

禰宜は驚き、弥平次を社務所に運び、下男を『笹舟』に走らせた。

柳橋の弥平次が刺された……。

悲報は、弥平次に関わりのある者たちに飛んだ。

南町奉行所吟味方与力《ぎんみがたよりき》の秋山久蔵《あきやまきゅうぞう》にも悲報は届いた。

「弥平次が刺された……」

久蔵は、報《しら》せに来た定町廻《じょうまちまわ》り同心の神崎和馬《かんざきかずま》を睨《にら》み付けた。

「はい。たった今、報せが……」

和馬は喉《のど》を震わせた。

「それで命は……」

「分かりません」

「やった野郎はどうした」

「分かりません」

「場所は……」

「分かりません」

和馬は、久蔵の矢継ぎ早の質問に怒ったように声を震わせた。久蔵は、混乱した己を恥じた。

「和馬」

「はい」

「笹舟に行く。一緒に来い」

久蔵は、和馬を従えて南町奉行所を出た。


神田川の流れは煌《きら》めき、柳橋には通行人が行き交っていた。

柳橋の袂《たもと》にある船宿『笹舟』は、暖簾《のれん》を仕舞って大戸を閉めていた。

久蔵と和馬は、潜《くぐ》り戸《ど》を静かに叩いた。

「どちらさまですかい」

中から托鉢坊主《たくはつぼうず》の雲海坊《うんかいぼう》の声がした。

「秋山さまと神崎和馬だ」

和馬は囁いた。

潜り戸はすぐに開いた。

久蔵は、和馬を従えて船宿『笹舟』に入った。『笹舟』は薄暗かった。

「秋山さま……」

托鉢坊主の雲海坊、しゃぼん玉売りの由松《よしまつ》、船頭の勇次《ゆうじ》たち弥平次の手先が、ほっとした面持《おももち》ちで久蔵を迎えた。

「どうだ、弥平次は……」

久蔵は尋ねた。

「はい。気を失ったままで……」

勇次は、今にも泣き出さんばかりの顔で告げた。

「勇次……」

由松が怒ったように窘《たしな》めた。

「すみません」

勇次は詫びた。

潜り戸が叩かれた。

「どちらさまですか」

由松と勇次は、素早くそれぞれの得物《えもの》を手にして身構え、雲海坊が尋ねた。

「雲海坊、俺だ半次《はんじ》だ」

潜り戸の外から、岡っ引の本湊《ほんみなと》の半次の声がした。

「半次の親分」

雲海坊は、素早く潜り戸を開けた。

半次が息を鳴らし、養生所《ようじょうしょ》の外科医・大木俊道《おおきしゅんどう》を連れて入って来た。

「こりゃあ秋山さま……」

半次は、久蔵に挨拶をした。

「半次、ご苦労だな」

「いいえ。雲海坊、養生所の俊道先生をお連れした。早く親分の処に……」

「何処《どこ》だ、親分は」

俊道は、額の汗を拭った。

「はい。由松、ご案内しろ」

「へい。俊道先生、どうぞ、こちらに……」

由松は、慌ただしく俊道を奥に案内して行った。

「秋山さま、和馬さま、半次親分もどうぞ」

雲海坊は、久蔵たちを促した。

「うむ……」

久蔵、和馬、半次は、雲海坊に案内されて奥に向かった。


弥平次は昏睡状態に陥っていた。

枕元には、弥平次の女房で『笹舟』の女将《おかみ》のおまきと養女のお糸《いと》がおり、敷居際に蕎麦屋《そばや》『籔十《やぶじゅう》』の長八《ちょうはち》と鋳掛屋《いかけや》の寅吉《とらきち》、幸吉が心配げに控えていた。そして、俊道を案内してきた由松が連なった。

俊道は、弥平次の傷口を調べて僅かに眉をひそめた。

「先生……」

おまきは、心配げに俊道を窺《うかが》った。

「うむ。大丈夫だ、女将さん。私が必ず治してみせる」

大木俊道は、長崎で蘭方を学んだ凄腕の外科医だ。そして、ある辻斬り事件に巻き込まれ、弥平次や半次たちと知り合っていた。

「俊道先生。お父っつぁんをよろしくお願いします」

養女のお糸が涙声で頼んだ。

「うむ……」

俊道は、安心させるように微笑《ほほえ》み、手当てを始めた。

久蔵、和馬、半次が、雲海坊に案内されて入って来た。

「秋山さま、和馬さま……」

幸吉、長八、寅吉が、慌てて頭を下げた。

「秋山さま、和馬さま、ご心配をお掛けして申し訳ございません」

おまきとお糸は、久蔵と和馬に深々と頭を下げた。

「おまき、お糸、今は弥平次の無事を祈るだけだ」

「はい……」

おまきは頷《うなず》き、お糸は零《こぼ》れる涙を拭《ぬぐ》った。

久蔵は、弥平次の皺《しわ》の刻まれた蒼白な顔を見た。

弥平次も老《ふ》けた……。

久蔵は、不意にそう感じた。

「それで幸吉、一体何処のどいつが親分にこんな真似をしたんだ」

半次は怒りを滲《にじ》ませた。

「はい……」

幸吉は、供をしていた責めを感じて蒼《あお》ざめていた。

「落ち着け、半次。ここじゃあ、俊道先生の邪魔になるだけだ。向こうで聞かせて貰《もら》おう」

久蔵は遮《さえぎ》った。

「は、はい」

半次は、我に返ったように頷いた。

本湊の半次は、北町奉行所臨時廻り同心の白縫半兵衛《しらぬいはんべえ》に手札を貰っている岡っ引であり、弥平次を慕っていた。

「よし。長八と寅吉は、此処《ここ》に残って先生の手伝いをしてくれ」

久蔵は、長八と寅吉に命じた。

「承知しました」

長八と寅吉は頷いた。

久蔵は、和馬、半次、幸吉、雲海坊、由松を促して部屋を出た。


久蔵たちは、『笹舟』の薄暗い店土間に戻った。

店土間には、北町奉行所臨時廻り同心の白縫半兵衛と手先の鶴次郎《つるじろう》、岡っ引の神明《しんめい》の平七《へいしち》と下っ引の庄太《しょうた》が来ていた。

「おう、半兵衛、来ていたのか」

「はい」

「平七、鶴次郎、庄太、良く来てくれたな」

「畏《おそ》れ入ります」

神明の平七は、愛宕下飯倉神明宮《あたごしたいいぐらしんめいぐう》の門前に茶店『鶴《つる》や』を女房お袖《そで》と営む岡っ引であり、弥平次や半次、鶴次郎たちと親しかった。

「秋山さま、それで弥平次は……」

半兵衛は眉をひそめた。

「今、養生所の大木俊道先生が手当てをしている」

「ほう、俊道先生ですか……」

「あっしがお連れしました」

半次は、弥平次が刺されたと聞き、本郷菊坂町《ほんごうきくざかまち》の大木俊道の家に走ったのだ。

「そうか、ご苦労だったね。それで秋山さま、弥平次は何故……」

「そいつなんだが、これから幸吉に経緯《いきさつ》を聞くところだぜ。幸吉」

久蔵は幸吉を促した。

「はい……」

幸吉は喉を鳴らした。

久蔵、半兵衛、和馬、平七、半次、鶴次郎、雲海坊、由松、庄太、勇次たちは、固唾《かたず》を呑《の》んで幸吉の話を待った。

「親分、神田明神の方と祭の時の掏摸や盗人《ぬすっと》の警戒の打ち合わせをして境内に出たんです。その時、女掏摸の妻恋のおりんが通り掛かりましてね。それで、あっしが後を追ったんです。その後に……」

　幸吉は、悔しさと無念さに顔を歪めた。

「弥平次は、背後から刺されたか……」

「はい。あっしが戻って来た時には、親分はすでに笹舟に運ばれていました」

「どんな野郎が刺したのか、見た者はいねえのか」

「そいつが、手拭で頰被りをし、菅笠を被った百姓風の男だったとか……」

「百姓風の男か……」

「はい」

　幸吉は頷いた。

「幸吉。それで女掏摸の妻恋のおりんは、どうしたんだ」

　半兵衛は尋ねた。

「そいつが、何もせずに妻恋町の家に戻りましてね」

　幸吉は項垂《うなだ》れた。

「そうか……」

　半兵衛は、久蔵を一瞥《いちべつ》した。

　久蔵は、小さく頷いた。

「よし。みんな、経緯は聞いての通りだ。幸吉、雲海坊、由松はおりんに張り付き、神田明神に偶々《たまたま》行ったのか、それとも弥平次を狙っての事かどうか。そして、仲間がいるのか、急いで探るんだ」

「承知しました」

幸吉、雲海坊、由松は頷いた。

「俺と和馬は、弥平次が今までに扱った事件を洗って見るぜ」

「秋山さま、あっしたちは何を……」

平七が身を乗り出した。

「うん。平七、半次、鶴次郎、庄太は、百姓風の野郎の足取りを探してくれ」

「畏《かしこ》まりました」

平七、半次、鶴次郎、庄太は頷いた。

「秋山さま、下手人《げしゅにん》が弥平次を恨んでの凶行なら、笹舟の警護も必要ではないでしょうか」

和馬は膝を進めた。

「そいつは私が引き受けるよ」

半兵衛は頷いた。

「月番は南町。幸いにも急いで片付けなければならない事件も抱えていないから

「それなら安心だ。半兵衛、勇次を使ってくれ……」

「はい。表は藪十の長八、裏は寅吉と船頭の伝八《でんぱち》親方。それに、勇次がいてくれれば充分ですよ」

半兵衛は微笑んだ。

「よし、決まった。みんな、下手人をお縄にするのが、弥平次の一番の薬だ。そう信じて励んでくれ」

久蔵は檄《げき》を飛ばした。

男たちは、身震いをしながら頷いた。

「よし。勇次、大戸を開けるんだ」

半兵衛は勇次に命じた。

「大戸をですか……」

勇次は戸惑った。

「うん」

半兵衛は頷いた。

「勇次、大戸を開け。弥平次は無事だ、変わりはねえと、世間さま、延《ひ》いては下手人どもに見せ付けてやるんだぜ」

久蔵は、半兵衛の狙いを教えた。

「分かりました」

勇次は、勢い良く大戸を開けた。

薄暗かった『笹舟』の店に日差しが溢《あふ》れた。

妻恋町は神田明神の裏手にあった。

幸吉、雲海坊、由松は、明神下の通りから妻恋坂をあがった。妻恋坂をあがりきった処が妻恋町だ。

おりんの家は、妻恋町の片隅にある源助《げんすけ》長屋にあった。女掏摸のおりんの腕は巧妙なものであり、弥平次や幸吉たちは、未《いま》だに現場を押さえる事は出来ていなかった。

幸吉は源助長屋の木戸口に潜み、由松は裏手に廻った。そして、雲海坊が長屋の家々の前で経を読み、托鉢を始めた。

幸吉と由松は見守った。

雲海坊は経を読み続けた。

手前の家からおかみさんが出て来て、雲海坊の頭陀袋《ずだぶくろ》に二枚の一文銭を入れてくれた。雲海坊は、おかみさんに深々と頭を下げ、経を読みながら隣の家の前に移った。だが、隣の家からは誰も現れず、雲海坊は次の家の前に移った。そうして、雲海坊はおりんの家に近づいて行った。

おりんはいるのか、いないのか……。

雲海坊は、おりんの家の前で経を読んだ。

腰高障子が開き、中から女掏摸のおりんが現れた。

女掏摸のおりんはいた……。

幸吉は、裏手に潜んでいる由松に目配《めくば》せした。由松は頷いた。

おりんは、雲海坊の頭陀袋に数枚の一文銭を喜捨《きしゃ》して腰高障子を閉めた。

雲海坊は、托鉢を続けて幸吉のいる木戸口に戻って来た。

「いたな」

「ああ」

幸吉は頷いた。

「どうする」

「しばらく様子を見よう」

「よし。俺は一廻りして来るぜ」

雲海坊は聞き込みに向かった。

幸吉たちの張り込みが始まった。


神田明神の境内は参拝客で賑わっていた。

神明の平七は、半次や鶴次郎、庄太と手分けをして境内の茶店や露店、そして門前に連なる店の者たちに、頬被りに菅笠を被った百姓風の男を見なかったか尋ね歩いた。

鶴次郎は、鳥居の傍にいる物乞いの老爺《ろうや》が気になった。物乞いは、何故か菅笠を被っていた。

手拭で頬被りをしている物乞いは良く見掛けるが、菅笠を被っているのは珍しい……。

鶴次郎は、物乞いの欠け茶碗に一文銭を入れた。一文銭は甲高い音を鳴らした。

「おありがとうございます」

物乞いは深々と頭を下げた。

「父っつぁん、菅笠とは珍しいな」

鶴次郎は、物乞いに親しげに声を掛けた。

「へ、へい……」

物乞いは戸惑った。

「その菅笠、どうしたんだい」

「えっ……」

「別に盗んだとは思っちゃあいねえが……」

鶴次郎は、懐《ふところ》の十手を僅かに見せた。

物乞いは怯《おび》えた。

「こ、この笠は、手拭と一緒に棄《す》てられたのを拾ったんです」

「拾った」

鶴次郎は眉をひそめた。

「へい。ここに来る途中、昌平坂《しょうへいざか》の隅にお百姓が棄てたのを……」

「百姓が棄てた」

弥平次親分を刺した百姓だ……。

鶴次郎は確信した。

「へい。それで拾ったんです」

「その百姓、どんな人相だった」

「どんなって。確か左の頬に刀傷がありましたよ」

左頬に刀傷……。

鶴次郎は、大きな手掛かりを掴んだ。

「で、そいつは昌平坂を降りて神田川沿いをどっちに行ったんだ」

「下流、両国の方です」

「間違いねえな」

「へい」

「よし。助かったぜ」

鶴次郎は、物乞いの欠け茶碗に小粒を入れた。

物乞いは眼を丸くし、礼を云うのも忘れ鶴次郎を見た。

鶴次郎は、半次と平七たちを探した。

二

大木俊道の治療は終わった。

弥平次は、か細い息を微《かす》かに鳴らし、高熱に襲われていた。

「先生……」

おまきは、心配げに俊道を窺った。

「うむ。傷付いた臓腑は何とか縫い合わせた。後は熱が下がればいいのだが、とにかく手は尽くしました。今はもう親分の生きようって力を信じるだけです」

俊道は、手を洗いながら落ち着いた口振りで告げた。

「そうですか、ありがとうございました」

おまきとお糸は、俊道に深々と頭を下げた。

「お糸、先生にお茶をね。私は、半兵衛の旦那にこの事を報せます」

「はい」

「女将さん、あっしも行きます。寅さん、親分を頼むよ」

「ああ……」

寅吉は、沈痛な面持ちで頷いた。

長八と寅吉は、弥平次の手先を古くから務めており、一緒に何度も修羅場を潜って来た仲だった。

おまきは、半兵衛に弥平次の容態を報せた。

「そうか。だったら弥平次は死なないよ」

半兵衛は微笑んだ。

「でしたらいいんですが……」

おまきは、半兵衛の微笑みに釣られたように笑った。

「うん。後は女将さんとお糸がいつも通りにしているだけだよ」

半兵衛は励ました。

「はい」

おまきは頷き、奥に入って行った。

「勇次、秋山さまも心配しているだろう。南町までひとっ走りして、俊道先生の治療、無事に終わったとお報せしてくれ」

「はい。行って来ます」

勇次は、『笹舟』を威勢良く走り出た。

「気を付けて行くんだぞ」

長八は、勇次に声を掛けた。

「はい」

勇次は、大声で返事をして柳橋を渡って行った。

長八は羨《うらや》ましげに見送った。

「どうした、長さん……」

半兵衛は、腰から大小を外して羽織を脱いだ。

「いえ。若《わけ》えのは良いなと思いましてね」

長八は苦笑した。顔の皺が深く刻まれた。

「なあに、若いのは若いのなりに、私たちは私たちなりに良いところがあるさ」

半兵衛の眼に優しさが過《よ》ぎった。

「旦那……」

「長さん、弥平次を刺した奴の狙い、今ひとつ良く分からない。ひょっとしたら、この笹舟にも見張りが付いているかも知れない」

「はい……」

長八の眼が鋭く輝いた。

「藪十からそれとなく見張ってくれないか」

半兵衛は、神田川に架かる柳橋の袂にある古い小さな蕎麦屋『藪十』を示した。

夜鳴蕎麦屋だった長八は、弥平次の援助で『藪十』を居抜きで買って主《あるじ》に納まっていた。そして、神田川越しに見える『笹舟』の警戒をしていた。

「分かりました。任せて下さい」

「うん。私は帳場にいるよ」

半兵衛は、『笹舟』の印半纏《しるしばんてん》を着て帳場に座った。

「どうだい、似合うかな」

半兵衛は笑った。

「ええ。良くお似合いですよ。じゃあ……」

「うん。頼んだよ」

長八は辺りを窺い、神田川に架かる柳橋を渡って行った。

半兵衛は、日差しが溢れている店の外を警戒した。

弥平次が携わった事件は、久蔵と和馬が扱った事件でもある。

久蔵と和馬は、例繰方《れいくりがた》から御仕置裁許帳《おしおきさいきょちょう》を取り寄せ、自分たちが探索した事件を洗った。そして、弥平次を殺したい程恨んでいる者の割り出しを急いだ。だが、捕らえられた殆《ほとん》どの者たちは、すでに厳しい仕置きを受けており、弥平次に復讐するのは無理といえた。

下手人の割り出しは遅々として進まなかった。

「秋山さま……」

和馬は、裁許帳を捲《めく》る手を不意に止めた。

「怪しい者がいたか……」

「いえ。今、気が付いたのですが、弥平次の親分が今までに扱った事件で恨まれているとなると、秋山さまや私も……」

和馬は、強張《こわば》った面持ちで周囲を見廻した。

「ああ。勿論、恨まれていていつ襲われるか分かりゃあしねえぜ」

久蔵は笑った。

「そうなんですよね……」

和馬は眉をひそめた。

その時、庭先に人影が過ぎった。和馬は、傍に置いてあった刀を思わず握り締めた。

「秋山さま……」

庭先に小者《こもの》が現れた。

和馬は、安心したように刀から手を放した。

「何か用か」

久蔵は苦笑した。

「はい、笹舟の勇次さんが、お眼通りを願っています」

「勇次が……」

久蔵は眉をひそめた。

「まさか……」

和馬は言葉を失い、身震いした。

「通してくれ」

「はい……」

小者は、木戸の外に目配せをした。木戸から勇次が入って来て庭先に控えた。

「どうした、勇次」

「はい。大木俊道先生の治療、無事に終わりましたと、半兵衛の旦那が……」

「そうか、そいつは良かった。おそらく弥平次は助かるぜ」

「はい。半兵衛の旦那もそう仰《おつしや》っていました」

「だろうな……」

久蔵は笑った。

「良かった……」

和馬は、大きな吐息を洩《も》らした。

弥平次は死なぬ……。

久蔵は確信した。

夕陽は庭先を赤く染め始めた。


神田川の流れは夕陽に赤く染まっていた。

鶴次郎は、平七、半次、庄太と昌平坂から両国までの道筋に、左頰に刀傷のある百姓の足取りを探した。左頰に刀傷のある百姓が、昌平橋を渡って神田川沿いの柳原通《やなぎわらどお》りを両国に行くのを見た者がいた。

昌平橋を渡って柳原通りを進んだ限り、行き先は下谷《したや》・浅草ではなく、両国から大川を越えた本所《ほんじょ》・深川に向かっている。

平七、半次、鶴次郎、庄太たちはそう睨み、左頰に刀傷のある百姓の行方を懸命に追った。

八丁堀岡崎町《はっちょうぼりおかざきちょう》にある秋山屋敷は、久蔵が帰って来て表門を閉めた。

久蔵は、妻の香織《かおり》の介添えで着替えた。

「弥平次の親分さんが……」

香織は驚き、羽織を畳む手を止めた。

「うむ。だが、幸いな事に命は取り留めそうだ」

「それはようございました。おまきさんやお糸ちゃん、どんなに心配された事か……」

香織は、安心したように再び羽織を畳み始めた。

「ああ。それで俺もこれから笹舟に行くぜ」

「はい」

香織は、羽織や袴《はかま》などを畳み終えた。

「それでだ、香織。弥平次が今までに扱った事件の関わりで恨まれ襲われたとしたなら、下手人は俺も恨んでいるかもしれない」

「心得ました。お留守の間、充分に気をつけます。旦那さまもくれぐれもご油断なく」

香織にうろたえた様子はなかった。

「うむ」

「それでこの事、与平《よへい》には……」

「騒ぎ立てるので隠したいところだが、明日には知れるだろう。与平とお福《ふく》を呼んでくれ」

「はい……」

香織は、落ち着いた足取りで座敷を出て行った。

与平とお福は、久蔵の父親の代から秋山家に奉公している下男夫婦だった。そして、母を早くに亡くし、役目に忙しかった父に代わって久蔵を可愛がってくれた。

与平とお福は、香織が来るまで秋山家を取り仕切り、久蔵にとっては家族同然の者たちだった。香織は、そうした事を良く承知しており、与平とお福を大事にしていた。

庭先は夕暮れに包まれていた。

廊下にお福の重い足取りが響いた。

香織が、痩《や》せた与平とふくよかな身体のお福を連れて来たのだ。

久蔵は苦笑した。

妻恋町源助長屋の井戸端は、おかみさんたちの賑やかな夕食の仕度も終わり、静かな夜を迎えていた。

女掏摸のおりんは、夕食の仕度をする事もなく家から出て来なかった。

幸吉と由松は見張りを続けた。

亭主たちが仕事から帰って来た家々からは、温かい明かりと笑い声が洩れていた。しかし、おりんの家には仄《ほの》かな明かりも灯っていなかった。

何故、明かりを灯さないのか……。

幸吉は思いを巡らせた。

雲海坊が聞き込みから戻って来た。

「何か分かったか」

「そいつが、近所におりんを知っている者は余りいなくてな。目立たぬように地味に暮らしているぜ」

「そうか……」

おりんは、当然の如く掏摸なのを隠して暮らしている。隠し続けるには、人目に付かないのが一番なのだ。それだけに、おりんの身辺に何が潜んでいるのか分からない。

その時、おりんが家から出て来た。

幸吉と雲海坊、そして由松は暗がりに身を潜めた。

おりんは辺りを窺い、足早に源助長屋を出た。

幸吉、雲海坊、由松は尾行を開始した。


妻恋町を出たおりんは、妻恋坂を下りて明神下の通りに出た。そして、背後を振り返って尾行を警戒した。

幸吉、雲海坊、由松は、暗がりで息を殺しておりんを見守った。

おりんは、明神下の通りを下谷広小路に向かっていく。

幸吉、雲海坊、由松は、暗がりから出て慎重に尾行を続けた。

おりんは、下谷広小路を抜けて東叡山寛永寺《とうえいざんかんえいじ》脇の山下を進んだ。そして、下谷車坂町《くるまざかまち》の片隅にある小さな寺の境内に入った。

幸吉、雲海坊、由松が暗がりから追って現れた。

「由松、何しに来たのか、突き止めろ」

「はい……」

由松は、おりんを追って境内に入って行った。幸吉と雲海坊は、小さな寺の山門に掲げられている扁額《へんがく》を見上げた。扁額には『正徳寺』と書かれていた。

正徳寺の境内に入ったおりんは、本堂の裏手に廻った。裏手には小さな家作があり、おりんは素早く中に入った。

由松は、植え込みの陰に潜み、暗い家作を見守った。

僅かな時が過ぎ、家作の雨戸の隙間から明かりが仄かに洩れた。

おそらく、おりんが明かりを灯したのだ。

由松は見届けた。


おりんは、正徳寺の家作に入った。

「家作……」

「ええ」

「由松。家作には、おりんが入ってから明かりが灯ったんだな」

雲海坊は眉をひそめた。

「ええ……」

「って事は、家作には誰もいなかった……」

幸吉は睨んだ。

「きっと……」

由松は頷いた。

「おりん、誰もいない家にあがり込んで明かりを灯したわけだ」

雲海坊は読んだ。

「ええ。どういう家なんですかね」

由松は眉をひそめた。

「他に誰か来るのかもしれないな」

「よし。今夜は交代で張り付いてみよう」

幸吉は決めた。

「うん。先ずは俺と由松が見張る。幸吉っつぁんは、笹舟に戻って親分の様子を見て来てくれ」

「雲海坊……」

「そいつがいいや、幸吉の兄貴」

雲海坊と由松も弥平次を心配し、船宿『笹舟』に戻りたいはずだ。だが、それを抑えているのだ。幸吉は、雲海坊と由松の腹の内を思いながら頷いた。

「そうか……」

「うん。任せておけ」

雲海坊は頷いた。

「じゃあ頼むぜ」

幸吉は、夜の下谷車坂町を走り去った。

「雲海坊の兄貴、親分、大丈夫ですよね」

「決まっているだろう。それよりおりんだ」

雲海坊は怒ったように云い、由松を促して正徳寺の境内に入った。

風が吹き抜け、木々の梢《こずえ》が音を鳴らして揺れた。


夜になり、両国広小路の賑わいは消え始めた。

平七、半次、鶴次郎、庄太たちは、左頰に刀傷のある百姓の足取りを追って両国橋に辿《たど》り着いた。

大川には舟遊びを楽しむ屋根船の明かりが映り、三味線の音色が洩れていた。

平七たちは、大川に架かる両国橋の西詰に佇《たたず》み、長さ九十六間の橋の向こうを見据えた。

両国橋の向こうには、本所尾上町《おのえちょう》の明かりと公儀御舟蔵《おふなぐら》の黒い影が見えた。

「本所か……」

鶴次郎は、腹立たしげに吐き棄てた。

「鶴次郎、本所だろうが深川だろうが、探すしかねえさ」

半次は厳しい面持ちで告げた。

「鶴次郎、半次の云う通りだ。弥平次親分を刺した野郎、何としてでもお縄にしなきゃあ、江戸の岡っ引は世間の笑い者だぜ」

神明の平七は、半次と鶴次郎の子供の頃からの兄貴分だった。

「はい」

鶴次郎は頷いた。

「よし。長八さんの店でひと息入れよう」

平七は、長八の営む蕎麦屋『藪十』に行く事にした。

「はい」

庄太は、嬉しげに腹の虫を鳴らした。

柳橋の船宿『笹舟』は暖簾を仕舞い、大戸を下ろしていた。

女将のおまきは、お客に迷惑が掛かるのを恐れて夜の舟遊びを断った。

半兵衛もそれには反対しなかった。

「半兵衛の旦那……」

帳場にいた半兵衛の許に寅吉がやって来た。

「どうした、寅さん」

「へい。弥平次の親分が気が付きました」

寅吉は嬉しげに笑った。

「おお、そうか……」

「それで、お逢いしたいと……」

「うん」

半兵衛は、寅吉と共に奥の部屋に向かった。

部屋の中には、微かな血の臭いと薬湯の香りが漂っていた。

弥平次は、おまきとお糸、そして外科医の大木俊道に見守られていた。

「俊道先生……」

半兵衛は俊道を窺った。

俊道は頷いた。

弥平次の熱は、僅かずつだが下がっており、危険な状態はどうやら脱したようだった。

「気が付いたか、弥平次の親分……」

半兵衛は、弥平次の傍に座った。

弥平次は、瞑《つむ》っていた眼を僅かに開けた。

「半兵衛の旦那、ご心配をお掛けして申し訳ございません」

弥平次は喉を引《ひ》き攣《つ》らせた。

「なあに、私は勝手に心配しているだけだ。それより秋山さまや和馬、それに幸吉たちや神明の平七たちも、心配しながら下手人を追っているよ」

「そいつはすまない事でして……」

弥平次は、苦しげに詫《わ》びた。

「それで弥平次、刺したのはどんな奴だ」

「そいつが……左頬に刀傷のある奴でして……」

「今までに扱った事件に関わりのある奴か」

「そいつが何とも……」

弥平次は、悔しげに顔を歪めた。

「白縫さん、そろそろ……」

俊道が眉をひそめた。

「うん。弥平次、何も心配しないで、しっかり養生するんだね」

「はい……」

弥平次は頷き眼を瞑った。

半兵衛は部屋を出た。


柳橋の南詰に蕎麦屋『藪十』はあり、神田川を挟んで船宿『笹舟』と向かい合っていた。

「お邪魔しますぜ」

平七は、半次、鶴次郎、庄太を連れて『藪十』の暖簾を潜った。

「おう。いらっしゃい。お揃いだな」

長八が板場から顔を出した。

「長八さん、奥の部屋、空いていますか」

「そいつが、先客がいるんだよ」

奥の部屋は狭いが、窓から船宿『笹舟』の表が良く見え、蕎麦を啜《すす》りながら見張るには好都合な部屋なのだ。

「そいつは拙《まず》いな」

平七は眉をひそめた。

「ま、先客に相席を頼んでみるんだな」

「ええ……」

「一日中、歩き廻ったんだろう。ご苦労だったね、とにかく酒を仕度するぜ」

長八は板場に戻った。

「兄貴、俺が頼んでみるよ」

鶴次郎が進み出た。

「それには及ばねえ。一緒にやろうぜ」

奥の部屋から聞き覚えのある声がした。

鶴次郎は、思わず平七たちと顔を見合わせた。

「ご無礼致しやす」

半次は、奥の部屋の襖《ふすま》を開けた。

久蔵が一人、手酌で酒を飲んでいた。

「秋山さま……」

「遠慮は無用だぜ」

久蔵は笑った。

三

蕎麦屋『藪十』の暖簾は片付けられた。

久蔵は、長八、平七、半次、鶴次郎、庄太に酒を注いだ。

「こいつは畏れ入ります」

長八、平七、半次、鶴次郎、庄太は恐縮した。久蔵は、弥平次を刺した者が船宿『笹舟』を襲うと睨み、密かに見張っていたのだ。

「今日はご苦労だったな。ま、やってくれ」

「はい。戴きます」

平七たちは酒を飲んだ。

酒は、一日中歩き廻った身体に染み渡った。

「ああ、美味《うま》い……」

鶴次郎は思わず洩らした。

「そいつは良かった。後は手酌で好きにやろうぜ」

久蔵は笑った。

「はい。庄太……」

平七は頷き、庄太に目配せをした。

「へい……」

庄太は、猪口と徳利を手にして窓辺に寄り、『笹舟』を見張り始めた。窓の外の神田川を、猪牙舟《ちょきぶね》が船行燈《ふなあんどん》を揺らして通り過ぎて行った。

「それで長八さん、弥平次の親分は……」

半次は、手酌で酒を飲んだ。

「さっき気がついたそうだ」

「じゃあ……」

「ああ。熱も下がり始めたから大丈夫だろうって事だ」

長八は、嬉しげに酒を飲んだ。

「そいつは良かった」

平七、半次、鶴次郎、庄太は思わず顔をほころばせた。

「ああ、秋山さまや半兵衛の旦那、みんなのお蔭だ」

長八は、鼻水を啜って猪口《ちょこ》の酒を呷《あお》った。

「よし、そろそろ蕎麦を持って来るぜ」

「お願いします」

窓辺の庄太が嬉しげに頼んだ。

「それで、菅笠に頬被りの百姓、何か手掛かりあったかい」

久蔵は、手酌で猪口の酒を飲んだ。

「はい。弥平次の親分が刺された後、昌平坂で菅笠と手拭を棄てた百姓がいました」

鶴次郎は猪口を置いた。

「ほう……」

「そいつ、左頬に刀傷があったそうでしてね」

半次は眉をひそめた。

「左頬に刀傷……」

久蔵の眼が輝いた。

「はい」

「それで足取りを追い、どうにか両国橋に辿り着きました」

平七は酒を啜った。

「そいつはご苦労だったな」

「いいえ。弥平次親分を刺した野郎をお縄にしなきゃあ、江戸の岡っ引は悪党どもに嘗《な》められるだけですからね」

「うむ。左頰に刀傷のある男か……」

「何か……」

半次は眉をひそめた。

「五、六年前だったか、大店の旦那を騙《だま》しては身代を奪う、あくどい騙《かた》りの一味が現れてな。身代を騙し取られた大店の旦那の中には、子供を道連れに一家心中する者も出た。それで弥平次は大店の旦那に扮して罠《わな》を仕掛け、騙りの一味の者どもを誘い出し、まんまとお縄にしたんだ」

久蔵は酒を飲んだ。

「で、騙りの一味は……」

「頭《かしら》以下、殆どの者が死罪と遠島になった」

「じゃあ、左頰に刀傷のある野郎、その騙り一味と関わりが……」

平七は膝を進めた。

「ああ。捕り物の時、騙りの一味の者どもは激しく暴れてな。その時、弥平次は一味の野郎の匕首を奪い、逆にその野郎の顔を斬ったそうだ」

久蔵の眼が煌めいた。

「顔を……」

「で、その野郎は……」

「掘割に飛び込んで逃げ、そのまま行方知れずだ」

久蔵は、酒を飲み干して薄く笑った。

「顔、斬られたのは左の頰ですか」

「そいつが良く分からねえんだがな」

久蔵は首を捻《ひね》った。

「秋山さま、その野郎の名前は……」

「後で分かったんだが、確か猪之吉《いのきち》といったはずだ」

「猪之吉……」

「弥平次を刺したのは、その猪之吉かもしれねえ」

久蔵は睨んだ。

「半次、鶴次郎。明日から本所深川で左頰に刀傷のある猪之吉を探すぜ」

平七は告げた。

半次と鶴次郎は頷いた。

「親分……」

船宿『笹舟』を見張っていた庄太が、声を潜めて平七を呼んだ。

久蔵、平七、半次、鶴次郎は、素早く窓辺に寄った。

柳橋の下の船着場に猪牙舟が着いていた。

猪牙舟には、船頭と二人の男が乗っていた。

久蔵たちは見守った。

船頭と二人の男は、猪牙舟に身を潜めて周囲の闇を透かし見ている。夜の闇は月明かりに揺れ、神田川の流れだけが静かに響いていた。

二人の男は不審がないと見届け、猪牙舟に乗せてきた壺を抱えて船着場に降り、『笹舟』に忍び寄っていく。そして、二人の男は、壺の中の液体を『笹舟』の壁に掛け始めた。

「秋山さま……」

半次は緊張した。

「ああ、油を掛けて付け火をする気だ」

久蔵は睨んだ。

「どうします」

「よし、二人は俺と平七、庄太が押さえる。半次と鶴次郎は、猪牙舟の船頭を追い、行き先を突き止めてくれ」

「承知……」

久蔵たちは素早く動き始めた。

夜の闇に油の臭いが漂った。

二人の男は、壺に入った油を船宿『笹舟』の壁に掛け終えた。

男の一人が、猪牙舟の船行燈の明かりを松明《たいまつ》に移し、振り撒いた油に近づけた。

火は振り撒いた油に移り、一気に燃え上がった。

「何をしていやがる」

久蔵が一喝して駆け付け、掘割を背にして二人の男と対峙した。

「火事だ、火事ですぜ」

平七と庄太が現れ、船宿『笹舟』に急を報せた。

火は燃えあがった。

船宿『笹舟』の潜り戸が開き、半兵衛と寅吉が飛び出して来た。

二人の男は怯《ひる》んだ。

「平七、寅吉、庄太、二人は俺と半兵衛が引き受けた。火を消せ」

「はい。寅さん、庄太……」

平七は、寅吉や庄太と壁に燃える火を消し始めた。

船頭は、猪牙舟を船着場から音もなく離し、舳先《へさき》を大川に向けた。

半次と鶴次郎を乗せた勇次の猪牙舟が、船宿『笹舟』の船着場から追って出た。

久蔵と半兵衛は、二人の男に迫った。

「さあて、何処の誰か教えて貰おうか……」

久蔵は嘲笑を浮かべた。

二人の男は、それぞれ長脇差と匕首を抜いて身構えた。

「下手な真似は命取りになる。やめた方がいいよ」

半兵衛は真顔で告げた。

「煩《うる》せえ」

二人の男は、久蔵と半兵衛にそれぞれ襲い掛かった。

久蔵は、匕首で突き掛かって来た男の腕を抱え込み、鋭く殴り付けた。男は鼻血を飛ばして倒れた。長八が駆け寄り、手際よく捕り縄を打った。

「畜生……」

半兵衛は、長脇差で斬り掛かって来た男を躱し、その尻を蹴り飛ばした。男は前のめりになりながらも辛うじて立ち直り、そのまま逃げようとした。だが、その前に幸吉がやって来た。

男はうろたえ、立ち止った。刹那、半兵衛が男を捕らえて投げ飛ばした。男は往来に叩きつけられ、土埃《つちぼこり》を舞い上げた。幸吉は、男に跳び掛かって捕り縄を打った。

「助かったよ、幸吉」

半兵衛は笑った。

「は、はい……」

幸吉は、事情が飲み込めずに戸惑った。

平七、寅吉、庄太は、壁に燃え広がった火を消し止めた。

白い煙が立ち昇り、渦を巻いていた。

「大丈夫ですかい」

裏手と弥平次の護りについていた船頭の親方の伝八が顔を出した。

「ああ。伝八、こいつらを大番屋で締め上げる。猪牙舟を仕度してくれ」

久蔵は命じた。

「合点だ」

伝八は顔を引っ込めた。

「秋山さま、半兵衛の旦那……」

幸吉は眉をひそめた。

「半兵衛、幸吉に事情を教えてやってくれ」

久蔵は笑った。


猪牙舟は、神田川を出て大川を横切り始めた。

対岸は本所深川であり、竪川《たてかわ》、小名木川《おなぎがわ》、仙台堀などがある。猪牙舟はそのどれかに入る筈《はず》だ。

「本所か深川か……」

半次は、猪牙舟の行き先を読んだ。

「ああ、左頰に刀傷のある猪之吉の野郎と同じだぜ……」

鶴次郎は猪牙舟を見据えた。

猪牙舟の船頭は、弥平次を刺した左頰に刀傷のある猪之吉の許に行くのかもしれない。
猪牙舟は本所竪川に入った。
勇次は、行き交う屋根船を巧みに躱して慎重に猪牙舟を追った。
本所竪川は月明かりを浴び、大川から東に真っ直ぐ伸びている。
猪牙舟は櫓《ろ》の軋《きし》みを響かせて進んだ。
勇次は、半次と鶴次郎を乗せた猪牙舟の櫓の軋みを押さえ、静かに追った。
竪川に映る月明かりが揺れた。

下谷車坂町の正徳寺は夜風に吹かれていた。
雲海坊と由松は、木立の陰に潜んで家作の見張りを続けた。
おりんは、家作に入ったまま出て来る気配を見せなかった。
やはり、誰かを待っているのか……。
雲海坊と由松は、粘り強く見張りを続けた。
小半刻《こはんとき》が過ぎた。
「雲海坊の兄貴……」

由松は境内の闇を見つめた。

雲海坊は、由松の視線を追った。

境内の闇を揺らし、黒い人影が現れた。

雲海坊と由松は、木陰に潜んで黒い人影を見守った。

黒い人影は、着流しに総髪の背の高い浪人だった。

雲海坊と由松は緊張した。

浪人は、辺りを確かめるような足取りで家作に向かっている。

雲海坊と由松は、息を止めて懸命に気配を消した。

浪人は、家作の前に佇んで振り返り、背後の闇を鋭く見つめた。その姿は異様な気配を漂わせた。

雲海坊と由松は、必死に気配を消した。

浪人は苦笑を浮かべ、家作の戸を小さく叩いた。僅かな時が過ぎ、おりんが中から戸を開けた。浪人は素早く家作に入った。

雲海坊と由松は、詰めていた息を吐いて緊張を解いた。

「兄貴……」

由松は、額に浮かんだ汗を拭った。

「ああ。不気味な浪人だぜ」

雲海坊は、深々と吐息を洩らした。

「おりんとどんな関わりなんですかね」

「そこだな……」

「家作に忍び寄ってみますよ」

「そいつは危ねえ」

雲海坊は眉をひそめた。

「なあに大丈夫ですよ」

由松は、雲海坊の止めるのも聞かず、家作の雨戸に忍び寄った。

「由松……」

雲海坊は舌打ちをした。

浪人は、おりんの酌で酒を飲んだ。

「それで兵庫助《ひょうごのすけ》の旦那。弥平次、どうなったんですか……」

おりんは、手酌で酒を飲んだ。

「うむ。船宿はいつも通りに開いているそうだ。おそらく弥平次は生きているのだろう」

浪人の桂木《かつらぎ》兵庫助は、冷静に弥平次の状態を読んでみせた。

「しぶとい奴ですね」

「ああ。猪之吉が止《とど》めを刺せなかったんだ。只の親父じゃあない」

兵庫助は、苦笑を浮かべて酒を飲んだ。

「どうするんですか……」

「猪之吉どもは今夜も仕掛けるそうだ」

「今夜も……」

「ああ。だが、今朝の今夜だ。南町奉行所の秋山たちも眠っちゃあいない」

「じゃあ……」

「うむ……」

兵庫助は、障子の向こうの雨戸の外に人の気配を感じた。

「おそらく仕掛けは、失敗するだろうな……」

兵庫助は、おりんに厳しい眼差《まなざ》しで雨戸の外を示した。おりんは兵庫助の意図を読み、眉をひそめて頷いた。

「でも、そうなったら、私たちはどうなるんですか……」

おりんは話し続けた。

兵庫助は、障子を開けて刀を雨戸に突き刺した。

男の短い悲鳴があがり、人影が雨戸の向こうに倒れる音がした。

兵庫助は、雨戸を蹴り開けた。


由松は転がり、植え込みの中を這《は》って逃げた。左肩に痛みが走り、生温かい血が流れるのを感じた。だが、傷を確かめ、手当てをする暇はない。せめて、雲海坊の兄貴が潜んでいるのを気付かれないようにするだけだ……。

由松は、雲海坊を一瞥もしないで植え込みの中を逃げた。

雲海坊は、木陰に潜んで必死に気配を消した。

兵庫助は抜き身を下げて濡縁《ぬれえん》に佇み、逃げ去って行く由松を見送っていた。

「兵庫助の旦那……」

おりんは眉をひそめた。

「おそらく弥平次の手先だ」

「まさか……」

「いや。間違いない」

「じゃあ……」

「お前が尾行《つけ》られたか、俺が尾行られたか。いずれにしろ、ここを棄てるしかあるまい」

兵庫助は薄笑いを浮かべた。

おりんは、喉を引き攣らせて頷いた。


本所竪川には、大川寄りから一ツ目之橋、二ツ目之橋、三ツ目之橋、新辻橋《しんつじばし》、四ツ目之橋と続いて架かっている。

猪牙舟は、四ツ目之橋の下を潜って交差している横十間川《よこじっけんがわ》を北に曲がった。

勇次は追った。

「勇次」

半次は、舟を岸に寄せるように命じた。

「合点だ」

勇次は、舟を亀戸天満宮《かめいどてんまんぐう》のある天神橋《てんじんばし》の船着場に寄せた。

半次と鶴次郎は、素早く岸辺に上がって天神橋の下の船着場に急いだ。

天神橋の船着場に猪牙舟を繋いだ船頭は、亀戸天満宮前の亀戸町に入った。

半次と鶴次郎は素早く岸辺に上がって、暗がり伝いに船頭を追った。

船頭は、亀戸天満宮門前の大戸を閉めた店の裏手に入って行った。

半次と鶴次郎は見届けた。

「茶店のようだな」

半次は大戸の閉められた店を見廻した。

「うん。とにかく聞き込んでみるぜ」

鶴次郎は、夜目にも派手な緋牡丹《ひぼたん》の半纏を翻《ひるがえ》した。

半次は、船頭の入った店を見守った。


左頬に刀傷のある男は、湯呑茶碗に満たされた酒を飲んだ。

「そうか、付け火に失敗したか……」

「ええ。奴ら、どうやら待ち構えていたようでして……」

船頭は悔しげに告げ、湯呑茶碗に酒を満たした。

「それで久助《きゅうすけ》、雇った博奕《ばくち》打ちたちは捕まったのか」

「おそらく。あっしはすぐに逃げたものですから……」

久助と呼ばれた船頭は、美味そうに酒を啜った。

「ま、見届けるまでもねえだろうな」

「へい……」

「で、捕まった博奕打ち、本当に大丈夫なんだろうな」

「そりゃあもう。金さえ貰えれば訳も聞かずに何でもするって奴らでしてね。雇ったあっしの顔も、小判を見た途端に忘れていますぜ」

「辿られる心配はねえか……」

「ええ。自分たちが、盗賊天神の猪之吉お頭の手足になっているとは思ってもいませんぜ」

久助は狡猾《こうかつ》そうに笑った。

「そうか……」

左頬に刀傷のある男、天神の猪之吉は薄い唇を歪めて笑った。

「それでお頭、大友《おおとも》屋敷の方は……」

「ああ。企《くわだ》て通りに進んでいるぜ」

「ですが、なんといっても相手は高家《こうけ》。家来もいるし、大丈夫ですか」

「桂木兵庫助の大友忠義《ただよし》への恨みは尋常じゃあねえ。せいぜい暴れさせてやるさ」

猪之吉は、残忍な笑みを浮かべた。

「それにしても弥平次の爺い、命冥加《みようが》な野郎ですね」

久助は吐き棄てた。

「だが、助かったお蔭で南町奉行所の秋山久蔵たちも弥平次の護りに手一杯だ。久助、せいぜい振り廻してやるんだな」

猪之吉は楽しげに笑った。

四

大番屋の詮議場は、小さな明かりが灯されているだけで冷え冷えとしていた。

久蔵は、船宿『笹舟』に火を放った二人の男を厳しく取調べた。二人の男は、金で付け火を請け負った博奕打ちだった。

「いいか。知っての通り、付け火は重罪。引き廻しの上、火焙《ひあぶ》りだ。だが、幸いにも小火《ぼや》ですんだ。事と次第によっては考えてもいいぜ」

久蔵は告げた。

「本当ですかい」

博奕打ちたちは狡猾そうな笑みを浮かべた。

「ああ。で、雇ったのは誰なんだ」

久蔵は笑った。

「久助って野郎です」

金で簡単に引き受ける者たちには、義理や人情は勿論、人としての矜持《きょうじ》もない。

博奕打ちたちは、我が身を守るのに躊躇《ためら》いはなかった。

「久助……」

久蔵は眉をひそめた。

「へい……」

「その久助、左頬に刀傷はなかったか」

猪之吉が偽名を使ったのかも知れない……。

久蔵は探りを入れた。

「いいえ。久助にそんなものはありませんでしたぜ」

博奕打ちたちは声を揃えた。

船宿『笹舟』に付け火を命じた久助は、猪之吉ではなかった。

「秋山さま……」

控えていた平七が眉をひそめた。

「うむ。久助、おそらく猪之吉の仲間だろう」

「ええ……」

猪之吉は弥平次を突き刺し、仲間の久助は船宿『笹舟』に付け火をした。

それは、単に弥平次への恨みを晴らす為なのか……。

久蔵は、不意に戸惑いを覚えた。

「久助、あの船宿にどうして付け火をするのか云っていたか」

「へい。派手な騒ぎを起こして、役人どもの鼻面を引きずり廻してやるんだって笑っていましたぜ」

「役人どもの鼻面を引きずり廻すだと……」

「秋山さま……」

「どう思う、平七……」

「はい。笹舟に付け火をしたのは騒ぎを起こすだけで、ひょっとしたら狙いは別にあるような……」

平七は首を傾《かし》げた。

「俺もそう思うぜ」

久蔵は小さく笑った。

「で、久助とは何処で逢ったんだ」

「浅草花川戸《はなかわど》の飲み屋で……」

「何て飲み屋だ」

久蔵は微笑み掛けた。


下谷練塀小路《ねりべいこうじ》の組屋敷街は闇に覆われていた。

桂木兵庫助は、おりんを連れて下谷車坂町の正徳寺の家作を出た。そして、上野寛永寺脇の山下から練塀小路に入った。

練塀小路には、下級旗本や御家人たちの組屋敷が軒を連ねていた。

兵庫助はおりんを伴い、尾行を警戒しながら進んだ。

雲海坊は、充分に距離を取って慎重に尾行した。

「兄貴……」

由松が背後から現れ、雲海坊に並んだ。

「大丈夫か……」

「はい。肩にかすり傷をしただけです」

由松は、応急手当をした肩を示した。

「それですんで何よりだ」

雲海坊は苦笑した。

「はい。下手《へた》を踏んで申し訳ありません」

由松は詫びた。

「それより、何か分かったか……」

雲海坊は、先を行く兵庫助とおりんの後ろ姿を見つめたまま尋ねた。

「野郎の名前は兵庫助。親分を刺した奴は猪之吉……」

由松は眉をひそめた。

「猪之吉……」

「知っていますか……」

「いや。だが、何処かで聞いた名前だ」

雲海坊は首を捻った。

「それから、今夜も仕掛けるとか……」

「仕掛けるだと……」

「ええ。笹舟に報せますか」

「いや。笹舟には半兵衛の旦那と幸吉っつぁんや寅さんがいる。俺たちはおりんと兵庫助の野郎だ」

「はい」

雲海坊と由松は追った。

桂木兵庫助とおりんは、一軒の組屋敷の木戸門を潜った。

由松は、おりんと兵庫助の入った組屋敷に駆け寄ろうとした。

「待て」

雲海坊は止めた。

「兄貴……」

由松は、怪《け》訝《げん》に立ち止った。

「尾行に警戒しているのかも知れない。俺が通り過ぎてみる。お前はその後を見届けろ」

雲海坊は慎重だった。

「はい」

雲海坊は由松を残し、変わらぬ足取りで進んだ。由松は、喉を鳴らして見守った。

雲海坊は、おりんと兵庫助の入った組屋敷に差し掛かった。

由松は見守った。

雲海坊は、兵庫助とおりんの入った組屋敷に一瞥もくれずに通り過ぎた。

時が過ぎ、組屋敷に変わりはなかった。

由松は苛立《いらだ》ちを感じた。その時、組屋敷から兵庫助とおりんが出て来た。

由松は身を潜めた。

兵庫助とおりんは、油断なく辺りを窺って斜向《はすむ》かいにある組屋敷に入った。

由松は見届けた。

雲海坊の睨み通り、兵庫助は尾行を警戒していたのだ。

あのまま駆け寄っていたら、ばっさりやられていたかも知れない……。

由松は、思わず顔を強張らせて身震いした。

雲海坊が、迂回して由松の背後に現れた。

「兄貴……」

「うん」

「斜向かいの屋敷に入りましたぜ」

「尾行を警戒しただけで、俺たちには気付いちゃあいねえようだ」

雲海坊は睨んだ。

「そうですか……」

由松は、顔の強張りを解いて笑った。

「ああ……」

雲海坊は苦笑した。

おりんと兵庫助は、練塀小路の組屋敷に入った。雲海坊と由松は、慎重に近づいた。

斜向かいの組屋敷の前庭には貸家があった。

貧乏旗本や御家人は、組屋敷に貸家を作って家賃を稼ぎ、暮らしの足しにしていた。

母屋は寝静まり、貸家の窓には仄かな明かりが浮かんでいた。

「貸家ですかね」

由松は首を捻った。

「ああ。おそらく今夜はもう動かねえだろう」

雲海坊は頷いた。

下谷練塀小路は静けさに包まれていた。

柳橋の蕎麦屋『藪十』には明かりが灯されていた。

久蔵は、大番屋から戻り、猪牙舟を追った半次と鶴次郎の首尾を待った。

「それで平七親分は、花川戸の飲み屋に行ったんですかい」

長八は、久蔵に酒を酌した。

「ああ。付け火を頼んだ久助って野郎を探しにな。さあ、一杯いこう」

久蔵は、長八に徳利を向けた。

「こいつは畏れ入ります」

長八は、両手で猪口を差し出した。

久蔵は、長八の猪口に酒を満たした。

長八は酒を啜った。

「只今、戻りました」

裏口から勇次が入って来た。

「おう。ご苦労だったな。ま、座りな」

「はい。ご無礼します」

勇次は、久蔵の前に座った。

久蔵は、勇次に酒を勧めた。勇次は、恐縮しながら酒を啜った。

「で、猪牙舟の船頭、何処に行った」

「本所亀戸天満宮門前にある茶店に入りました。それで、半次親分と鶴次郎さんが見張りに付きました」

「亀戸天満宮門前の茶店か……」

「はい。年寄り夫婦が営んでいて、時々得体の知れない男が出入りしているらしいと……」

得体の知れない男は、猪之吉かもしれない。仮に違っていたとしても、猪之吉と関わりのある者に間違いはない。

「そうか。良くやってくれた」

久蔵は勇次を労《ねぎら》った。

「秋山さま……」

幸吉が訪れた。

「どうした」

「今、女掏摸のおりんを見張っていた由松が戻りました」

幸吉は、由松の報告を久蔵に告げに来たのだ。

長い一日がようやく終わろうとしていた。


亀戸天満宮の社殿は朝日に輝いた。

門前の茶店は、老夫婦によって開けられた。

半次と鶴次郎は、斜向かいの路地から見張りを続けた。

「半次親分、鶴次郎の兄貴……」

勇次が朝飯を持ってやって来た。

「こいつはありがてえ……」

半次と鶴次郎は朝飯を食べながら、勇次から探索の進展を聞いた。

船頭の名は久助……。

「久助か……」

「ええ。それから、弥平次親分を刺し、笹舟に付け火をした裏には何か潜んでいると……」

「秋山さまがそう仰ったのか」

「はい……」

半次と鶴次郎は眉をひそめた。

茶店から船頭が出て来た。

「久助の野郎だ……」

「うん」

久助は、茶店の老夫婦に見送られて横十間川に向かった。

鶴次郎は、握りめしの残りを竹筒の茶で流し込んだ。

「俺が追うぜ」

「うん。勇次、一緒に行ってくれ」

「合点です」

鶴次郎と勇次は、半次を残して久助を追った。半次は、茶店の見張りを続けた。

久助は、天神橋の船着場から猪牙舟に乗り、竪川に向かって行く。

鶴次郎は、勇次の猪牙舟に乗って追った。

横十間川は朝日に眩しく煌めいていた。

下谷練塀小路の組屋敷街は、出仕の刻限も過ぎて静かな時を迎えていた。

雲海坊は、駆け付けて来た幸吉と一緒に久蔵の知り合いの組屋敷に頼み、その前庭にある納屋に潜んだ。そして、おりんと兵庫助の入った組屋敷を見張り続けた。

組屋敷の主は七十俵取りの御家人であり、賭場に出入りしていた。兵庫助とは賭場で知り合っていた。

「めだかァ、金魚……」

行商の金魚売りが、売り声を長閑《のどか》に響かせて通り過ぎた。

桂木兵庫助が組屋敷の貸家から現れ、木戸から出て来た。

「雲海坊……」

幸吉は、寝ていた雲海坊を起こした。

「どうした」

雲海坊は眼を覚ました。

「野郎が兵庫助か……」

幸吉は兵庫助を示した。

「ああ。野郎だ……」

雲海坊は頷いた。

「よし。俺が追う。おりんを頼んだぜ」

「結構な使い手だ。気をつけてな」

「合点だ」

幸吉は、組屋敷の納屋を出て兵庫助を追って行った。

雲海坊は、欠伸《あくび》をしながらおりんの見張りを始めた。


大川には様々な船が忙しく行き交っていた。

竪川から大川に出た久助の猪牙舟は、舳先を上流に向けて進んでいく。

勇次の猪牙舟は、鶴次郎を乗せて追った。

久助の猪牙舟は、公儀の浅草御蔵から御厩河岸《おんまやがし》、駒形堂《こまがたどう》と大川を遡《さかのぼ》った。そして、浅草吾妻橋《あづまばし》の船着場に船縁《ふなべり》を寄せた。

勇次は、猪牙舟の船足を速めた。

猪牙舟を降りた久助は、金龍山浅草寺《きんりゆうさんせんそうじ》の隣の花川戸町の通りに入った。鶴次郎は、勇次の操る猪牙舟を降りて追った。

久助は、飲み屋の連なる裏通りに入った。そして、開店前の小さな飲み屋の裏手に入って行った。

鶴次郎は見届けた。

久助と飲み屋には、どんな関わりがあるのか……。

鶴次郎は思いを巡らせた。

「鶴次郎さん……」

平七の下っ引の庄太が背後に現れた。

「おお、庄太……」

鶴次郎は戸惑った。

「平七親分が……」

庄太は、飲み屋の斜向かいにある一膳飯屋を示した。

神明の平七は、船宿『笹舟』に付け火をした二人の博奕打ちが久助と出逢った花川戸の飲み屋に探りを入れていた。

「それで久助の野郎、亀戸天神門前にある茶店から来たのか」

平七は眉をひそめた。

「ええ。で、あの飲み屋、久助とは……」

鶴次郎は、窓の外に見える飲み屋を一瞥した。

「店の女将、どうやら久助の女らしいぜ」

「そうですか……」

「よし。久助は引き受けた。お前は亀戸の半次の処に戻るんだな」

「はい。そうしていただければ助かります」

久助が『笹舟』の付け火に失敗し、真っ直ぐ亀戸天満宮門前の茶店に行ったのは、そこに首尾を報せなければならない者がいるからに他ならない。それは、『笹舟』に付け火を命じた者であり、弥平次を刺した猪之吉なのかも知れない。

いずれにしろ、亀戸天満宮門前の茶店からは眼が離せないのだ。

鶴次郎は、久助を平七に任せて勇次の猪牙舟で亀戸天満宮に戻って行った。

平七は、庄太と共に飲み屋と久助の見張りについた。


神田川沿い柳原通りの柳並木は、緑の葉を川風に揺らしていた。

下谷練塀小路の組屋敷を出た兵庫助は、神田川に架かる和泉橋《いずみばし》を渡って柳原通りを八ツ小路に向かった。

幸吉は尾行した。

兵庫助は、八ツ小路から駿河台《するがだい》の武家屋敷街に入った。幸吉は、慎重に尾行を続けた。

大名や大身旗本の屋敷の並ぶ街は、静けさに包まれていた。

兵庫助は、神田川沿いの淡路坂《あわじざか》を上がった。そして、神田川を背にした武家屋敷の前に立ち止まり、閉められている表門を見上げた。兵庫助の眼差しは厳しく、憎しみがこめられていた。

誰の屋敷なのだ……。

幸吉は見守った。

武家屋敷の潜り戸が開き、若い武士が出て来て周囲を見廻した。そして、兵庫助に気付き、その顔に怯えを滲ませた。

兵庫助は、冷笑を浮かべて若い武士を小さく促した。

若い武士は、泣き出しそうな顔をして頷いた。兵庫助は、踵《きびす》を返して淡路坂を戻った。若い武士は、項垂れて兵庫助の後に付いて歩き出した。

幸吉は、密かに尾行した。

兵庫助は、淡路坂を下って八ツ小路を通り、神田須田町《すだちょう》二丁目の蕎麦屋に入った。若い武士は、引きずられるように続いた。

幸吉は、僅かな間を置いて蕎麦屋に入った。

暖簾を出したばかりの蕎麦屋に客は少なかった。

兵庫助は、隅の席で若い武士が座るのを待った。若い武士は、兵庫助の前に座って項垂れた。

「いらっしゃいませ。何にしますか」

小女《こおんな》が注文を取りに来た。

「酒とせいろを二枚だ」

「はい……」

「ねえさん、俺も酒とせいろを一枚、頼むぜ」

幸吉は、小女に注文して兵庫助の近くに座った。

兵庫助は、鋭い眼差しで幸吉を一瞥した。幸吉は、照れたような笑みを浮かべて兵庫助に小さく会釈《えしゃく》をした。

兵庫助は鼻先で笑った。

小女が酒を持って来た。

兵庫助は手酌で酒を飲み、若い武士にも勧めた。

幸吉は、兵庫助たちに背を向けて酒を啜った。

「それで桂木さん、今日は何を……」

若い武士は、声を微かに震わせていた。

幸吉は、兵庫助の苗字が〝桂木〟だと知った。

桂木兵庫助……。

幸吉は手酌で酒を飲んだ。

「渡辺《わたなべ》。茶道具屋の玉秀堂《ぎょくしゅうどう》が千利休《せんのりきゅう》が作ったとされる茶釜と茶碗を持って来るのは、明後日に変わりはないな」

「は、はい。そして、売り買いは明後日だと聞いております」

渡辺と呼ばれた若い武士は頷いた。

「忠義の爺い、黴《かび》が生えたような古道具の何処がいいのか……」

兵庫助は、嘲《あざけ》りを浮べて酒を飲んだ。

「よし。渡辺、何か変わりがあればすぐに報せるんだ」

「桂木さん、もう勘弁して下さい」

渡辺は声を潜め、兵庫助に縋《すが》る眼差しを向けた。

「渡辺。賭場での借金、家中の者どもに知られたくなければ、黙って云う事を聞くんだな」

兵庫助は冷たく突き放した。

幸吉は、せいろ蕎麦を啜った。

兵庫助と渡辺の話は所々しか聞こえなかった。分かったのは、〝茶道具屋〟〝千利休〟〝明後日〟〝売り買い〟などの言葉と、兵庫助が渡辺を脅している事だけだった。

潮時だ……。

「ご馳走さん、美味かったぜ」

幸吉は、酒と蕎麦代を払って兵庫助たちより先に店を出た。

神田川から吹く川風は、緊張を解いた身体に心地良かった。

五

茶店には亀戸天満宮の参拝を終えた客が出入りしていた。

半次と鶴次郎は、茶店の斜向かいにある荒物屋の二階を借りて見張りを続けていた。

茶店は年寄り夫婦が営んでおり、久助が逢いに来たはずの相手が姿を見せる事はなかった。

「半次、本当に誰かいるのかな……」

鶴次郎は苛立った。

「落ち着きな、鶴次郎」

半次は苦笑した。

「ああ。それにしても、弥平次親分を襲って笹舟に付け火をした裏に潜むものってのが何かだな」

鶴次郎は眉をひそめた。

「うん……」

半次は、茶店を見つめたまま生返事をした。

「どうかしたのか」

鶴次郎は戸惑った。

「う、うん。鶴次郎、朝方、船頭らしい野郎が来たのを覚えているか」

「ああ、覚えているけど、どうかしたか」

「そいつが茶店から帰ったのを見たか……」

「そういやあ、帰るのは見ていないな」

鶴次郎は首を捻った。

「やっぱり見ていないか……」

「うん。半次もか……」

「ああ。船頭らしい野郎、いつの間にか茶店の奥に入ったんだぜ」

半次は睨んだ。

「となると、久助が逢った野郎に用があって来たって事か……」

鶴次郎は読んだ。

「きっとな……」

「それにしても、船頭らしい野郎がこっそり茶店に来るなんて、まるで盗人が押し込みで集まるようだな」

鶴次郎は苦笑した。

「鶴次郎、その辺かも知れねえぜ」

半次は、厳しい眼差しで茶店を見つめた。

浅草花川戸町の飲み屋には、開店前でありながら旅の渡世人や薬の行商人などが訪れていた。そして、訪れた者たちは、飲み屋に入ったきり、出て来る気配はなかった。

平七は戸惑った。

それは、盗人が押し込みに集まる様子に良く似ていた。

まさか……。

平七は緊張した。


妻恋町の源助長屋は、おかみさんたちの洗濯も終わって静かな時を迎えていた。

組屋敷の貸家を出たおりんは、練塀小路から下谷御成《おなり》街道や明神下の通りを横切り、妻恋坂から妻恋町に戻った。

雲海坊は、源助長屋に入るおりんを木戸で見送った。


おりんは、竈《かまど》で湯を沸かして茶を淹れた。

茶は湯気をのぼらせ、香りを漂わせた。

良い香り……。

茶は、おりんの唯一の贅沢だった。

おりんは、静かに茶を飲みながら桂木兵庫助の言葉を思い出した。

大友忠義に恨みを晴らしたら一緒に江戸を離れる……。

兵庫助は、おりんにそう約束をしていた。

おりんは、兵庫助の約束を信じて天神の猪之吉の手伝いをして来た。そして、大友忠義に恨みを晴らし、約束を果たす日は近づいた。

おりんは茶を飲んだ。


大友忠義……。

幸吉は、駿河台一帯の切絵図を指先で辿り、桂木兵庫助が門前に佇んだ武家屋敷を指し示した。

そこには、大友忠義と書き記されていた。

「大友忠義か……」

神崎和馬は眉をひそめた。

「何者ですか……」

「うん。高家二十六家の一つだ」

「高家……」

幸吉は戸惑った。

「ああ。仮名手本忠臣蔵の高師直《こうのもろなお》が高家ってやつだぜ」

「ああ。あの根性の悪いお偉いさんですか」

幸吉は膝を叩いた。

「ああ。あの憎たらしい奴だ」

和馬は、芝居と現実を混同しながら頷いた。

久蔵は苦笑した。

高家とは、〝高い家柄〟という意味であり、幕府の儀式典礼を司《つかさど》った。老中支配の高家は、吉良《きら》、武田、畠山、織田、六角、石橋などの室町幕府から続く名家であり、朝廷と接する役目である事から官位は高かった。

「桂木兵庫助、その高家の大友忠義の屋敷を睨み付けていたんだな」

久蔵の眼は鋭く輝いた。

「はい」

幸吉は、緊張した面持ちで頷いた。

「大友忠義は、表高家で古い茶道具に眼がなく、金に糸目をつけずに買い集めるので名高い男だ」

「古い茶道具ですか……」

「ああ。幸吉、兵庫助は、茶道具屋、千利休、売り買い、明後日などと云っていたんだな」

「はい。それから確か玉秀堂と……」

幸吉は眉をひそめた。

「玉秀堂は、大名や大身旗本の屋敷に出入りをしている名高い茶道具屋だぜ」

「じゃあ、扱う茶道具は値の張る物ですか」

「ああ……」

久蔵は、幸吉が聞いた言葉を繫ぎ合わせた。

明後日、高家大友忠義は、茶道具屋の『玉秀堂』と千利休の茶道具を売り買いする……。

久蔵はそう読んだ。

「それで、桂木兵庫助は何をしようって魂胆なんですかね」

「ああ。分からないのはそいつと、猪之吉が弥平次を刺し、笹舟に付け火をした事がどう関わっているのかだ」

「はい」

久蔵は、厳しい面持ちで思いを巡らせた。

幸吉は頷いた。

「で、桂木兵庫助、どうした」

「妻恋町のおりんの家に行きましてね。おりんも戻っていました」

「じゃあ今、雲海坊が見張っているんだな」

「はい。それで由松が行きました」

「よし。和馬、幸吉、桂木兵庫助が脅している大友家の家来の渡辺を締め上げてみな」

「心得ました」

和馬と幸吉は頷いた。

「よし。今夜、笹舟で落ち合おう」

「はい」

和馬と幸吉は、慌ただしく用部屋を出て行った。

南町奉行所の庭には日差しが溢れていた。

船宿『笹舟』の暖簾は風に揺れていた。

弥平次は、軽い寝息を立てて眠っていた。

外科医の大木俊道は、弥平次の診察を終えて付き添っているおまきとお糸を振り返った。

「女将さん、お糸さん。熱も下がったし、もう大丈夫です」

「おっ母さん……」

お糸は顔を輝かせた。

「うん。先生、本当にありがとうございました」

おまきは、俊道に深々と頭を下げて礼を述べた。

「いいえ。お役に立てて何よりです。じゃあ、私は家に戻ってから養生所に行き、夜までに新しい薬を持って来ます」

俊道は微笑み、往診用の医療器具を片付け始めた。

「どうぞ……」

俊道を見送ったおまきは、帳場に座っている白縫半兵衛に茶を差し出した。

「いやあ、すまないね」

「いいえ。お蔭さまでようやく一安心です」

「うん。まったくだ」

半兵衛は茶を啜った。

「半兵衛の旦那、この度は本当にありがとうございました」

おまきは、姿勢を正して頭を下げた。

「いや。俊道先生を始め、女将さんとお糸坊が一生懸命に看病したからだよ」

半兵衛は微笑んだ。

「いいえ。半兵衛の旦那や秋山さま。それにみんなのお蔭です」

「おまき、そいつは弥平次親分の人柄。人を育てて来たのが、間違いじゃあなかったって事だよ」

「旦那、ありがとうございます。そう仰って戴けると弥平次も喜びます」

張り詰めていた気が緩んだのか、おまきの眼から涙が零れた。

「すみません」

おまきは、溢れる涙を拭いながら居間に向かった。

岡っ引の女房も辛い……。

半兵衛は、温《ぬる》くなった茶を啜った。

「旦那……」

半次が、暖簾を潜って入って来た。

「おう。どうした」

「はい。弥平次の親分は……」

半次は、心配げに奥を窺った。

「うん。俊道先生がもう大丈夫だと仰って帰ったところだよ」

「そいつは良かった」

半次は、安心したように笑った。

「あっ、半次の親分さん……」

お糸が奥から出て来た。

「やあ。お糸ちゃん。弥平次の親分、良かったね」

「はい。みなさんのお蔭です。今、お茶を淹《い》れます」

お糸は、茶の仕度を始めた。

「それで、何かあったのかい」

半兵衛は促した。

「ええ。それなんですが……」

半次は、眉を曇らせてあがり框《かまち》に腰掛けた。

「亀戸天神の茶店なんですがね」

「年寄り夫婦がやっている店だね」

「はい。そして、誰かが潜んでいるようなんです」

「誰かってのは、猪之吉かな」

半兵衛は睨んだ。

「きっと。そして、船頭や行商人が集まって来ているんですよ」

「ほう。気になるね……」

半兵衛の眼に厳しさが過ぎった。

「はい」

半次は頷いた。

「どうぞ……」

お糸は、半次に茶を差し出した。

「ありがとうございます」

半次は、美味そうに茶を啜った。お糸は、半兵衛の茶を差し替えた。

「ありがとう。で、久助はどうした」

半兵衛は、差し替えられた茶を啜った。

「情婦《いろ》にやらせている花川戸の飲み屋にいましてね。平七親分の話じゃあ、やはり胡散臭《うさんくさ》い野郎どもが来ているとか……」

　半次は、勇次の猪牙舟で亀戸天満宮門前から浅草花川戸に寄り、船宿『笹舟』にやって来ていた。

「それで平七親分、まるで押し込みに集まる盗人のようだと……」

　半次は半兵衛を窺った。

「成る程、盗人ねえ……」

　半兵衛は頷いた。

「はい……」

「仮に盗人だとしたら、弥平次を襲い、笹舟に付け火をしたのは何故だい」

「そいつは……」

　半次は言葉に詰まった。

「よし。引き続き、亀戸と花川戸の見張りを頼む。幸吉たちの方で何か分かったらすぐに報せるよ」

「はい……」

　半次は半兵衛と打ち合わせをし、勇次の猪牙舟で花川戸から亀戸に向かった。

　猪之吉と久助が盗人だとしたら、弥平次を襲って『笹舟』に付け火をした理由はなんなのか……。

半兵衛は茶を啜った。

軒下の暖簾が風に吹かれ、土間に差し込む日差しが揺れた。


下谷広小路は賑わっていた。

茶道具屋『玉秀堂』は、下谷広小路傍の上野《うえの》元黒門町《もとくろもんちょう》にあった。

久蔵は、『玉秀堂』を訪れた。

「おいでなさいませ」

初老の番頭が久蔵を迎えた。

「うむ。主の喜左衛門《きざえもん》どのはいるかな」

「あの。失礼ですが、お武家さまは……」

番頭は、僅かに眉をひそめた。

「ああ。俺は南町奉行所与力の秋山久蔵って者だぜ」

「これはご無礼致しました。畏れ入りますが、少々お待ち下さいませ」

番頭は奥に駆け込んだ。

久蔵は帳場のあがり框に腰掛け、帳場の傍に飾ってある古い茶碗などの茶道具を見た。

「どうぞ……」

小僧が久蔵に茶を持って来た。

「おう。造作を掛けるな。ところでこの茶碗、幾らなんだい」

「へ、へい。三十両にございます」

「ほう、三十両ねえ……」

茶の湯に興味のない久蔵は、呆《あき》れたように眉をひそめた。

中庭には菊の花が咲いていた。

久蔵は、座敷の上座に着いた。

「玉秀堂の主喜左衛門にございます」

喜左衛門は、白髪頭を下げて久蔵を迎えた。

「南町奉行所の秋山久蔵だ」

「お噂はかねがね。して、わざわざお出でになられた御用とは……」

「他でもない。明後日、高家大友さまに千利休と関わりのある茶道具を納めるそうだな」

「は、はい……」

喜左衛門は驚いた。

「相違ないか……」

「秋山さま、それをどうして……」

「ある筋からな……」

久蔵は苦笑した。

「ある筋……」

喜左衛門は戸惑った。

「で、納める茶道具の値、幾らだ」

「はあ……」

喜左衛門は困惑した。

「喜左衛門、事は差し迫っている」

久蔵は厳しく告げた。

「はい、はい。千利休が作った茶碗と茶釜など、全部で一千両にございます」

「一千両……」

「はい」

喜左衛門は頷いた。

高家の大友忠義は、茶道具屋『玉秀堂』から千利休の作った茶道具を一千両で買う約束をしていた。大友は、明後日の取引きに向け、一千両の金を明日中に用意するはずだ。

桂木兵庫助は、その金を狙っているのだろうか。

久蔵は、桂木兵庫助の企てと出方を読もうとした。

大友家家臣の渡辺伊織《いおり》が、大友屋敷から怯えた面持ちで出て来た。

「渡辺さま……」

幸吉の呼び掛けに、渡辺は驚いたように振り返った。

「こちらに……」

幸吉は、淡路坂を示して囁いた。

「桂木さん、私に何用なんだ」

渡辺は喉を震わせた。

「さあ、あっしは只の使い。用件など分かりません」

幸吉は、桂木兵庫助の名を騙って渡辺伊織を呼び出した。

「そうか……」

渡辺は、淡路坂に向かう幸吉に重い足取りで続いた。

太田姫稲荷《おおたひめいなり》は神田川の土手にある。

幸吉は、渡辺伊織を太田姫稲荷の裏手に誘った。太田姫稲荷の裏手には、和馬が待っていた。

「やあ……」

和馬は、渡辺を笑顔で迎えた。

「おぬしは……」

渡辺は眉をひそめた。

「南町奉行所定町廻り同心の神崎和馬って者です。大友家の渡辺伊織さんですね」

「おのれ下郎《げろう》、謀《はか》ったな」

渡辺は怒り、刀の柄《つか》に手を掛けた。

幸吉は苦笑し、懐の十手を握り締めた。

「だったら渡辺さん、桂木兵庫助と一緒に何かを企んでいると、大友家に報せますよ」

和馬は告げた。

渡辺は怯え、慌てた。

「違う。俺は桂木さんと一緒に企んでなどいない」

「渡辺さん、桂木兵庫助ってのはどういう奴なんです」

「そ、それは……」

渡辺は、言葉を飲み込んだ。

「あんたが教えてくれないなら、大友家に聞くまでだ……」

和馬は畳み掛けた。

「桂木さんは、元は大友家の家来だ」

渡辺は観念した。

「家来……」

和馬と幸吉は、思わず顔を見合わせた。

桂木兵庫助は、渡辺と同じ大友家の家来だった。

「桂木兵庫助、恨みがましい眼で大友屋敷を睨んでいたが、そいつはどうしてだい」

幸吉は尋ねた。

「桂木さんは、二年前、言い交わした仲の腰元を殿にお手討ちにされたのを怒り、殿に斬り掛かった。だが、私たち家来が駆け付けて何とか食い止め、桂木さんは殿を討ち果たせずに逐電したんです」

「言い交わした腰元、どうして手討ちにされたんだ」

「殿お気に入りの茶の湯の茶碗を割って……」

桂木兵庫助と言い交わした腰元は、茶碗を割って手討ちにされた。以来、桂木兵庫助は大友忠義を恨み、憎んでいる。

「それで、桂木は何を企んでいるんだ」

「お殿さまの命だ。討ち果たして仇《かたき》を取ろうとしているんだ。だから、お殿さまの動きを、私に探らせているんだ」

渡辺は項垂れた。

「それで渡辺さん、猪之吉って奴を知っているか」

「知らぬ」

「久助は」

「知らぬ」

渡辺は、首を横に振って啜り泣き始めた。

「和馬の旦那」

「うん」

和馬と幸吉は、渡辺伊織の話を信じた。

神田川には、荷船の船頭が嗄《しゃが》れ声で歌う民謡が長閑に響いていた。

六

妻恋町の源助長屋には、赤ん坊の泣き声が響いていた。

雲海坊と由松は、木戸口に潜んでおりんと桂木兵庫助を見張っていた。

二人は、中々動く気配を見せなかった。

雲海坊と由松は、粘り強く見張りを続けた。

小半刻が過ぎた頃、おりんが家から姿を見せた。

「兄貴……」

「うん」

雲海坊はおりんを見守った。

おりんは辺りを見廻し、足早に源助長屋を出て行った。

「兄貴、兵庫助の野郎は俺が引き受けます。おりんを」

「大丈夫か」

雲海坊は、由松が兵庫助に浅手を負わされたのを心配した。

「ええ。二度と下手は踏みませんぜ」

由松は苦笑した。

「よし。じゃあ気をつけろよ」

雲海坊は、源助長屋の木戸を離れておりんを追った。

妻恋町の東に妻恋坂があり、北に進むと湯島天神に出る。

おりんは、妻恋町を出て湯島天神に向かって行った。

雲海坊は破れた饅頭笠《まんじゅうがさ》を被り、薄汚い衣を翻しておりんを追った。

湯島天神は参拝客で賑わっていた。

おりんは、拝殿の傍にある奇縁氷人石《きえんひようじんせき》に駆け寄った。

奇縁氷人石は四尺ほどの石碑であり、正面に〝奇縁氷人石〟、右側に〝たつぬるかた〟、左側に〝をしふるかた〟と彫られている。そして、男と女の縁を求め

ある者が返事を書いて〝たつぬるかた〟に貼る。つまり、〝奇縁氷人石〟は、縁を仲立ちする石なのだ。

おりんは、懐から一枚の紙を出し、奇縁氷人石の〝をしふるかた〟に貼り付けた。

おりんは、奇縁氷人石を利用して誰かと連絡を取ろうとしている……。

雲海坊は見届けた。

おりんは、辺りを見廻して奇縁氷人石から離れた。

雲海坊は戸惑った。

おりんを追うか、貼り紙を見に来る者を待つか……。

戸惑いは困惑に変わった。

おりんは、参道を鳥居に向かって行く。

羽織袴の武士が現れ、おりんが奇縁氷人石に貼った紙を一瞥して雲海坊に近寄り、塗笠を僅かにあげて顔を見せた。

雲海坊は驚いた。

「秋山さま……」

羽織袴の武士は久蔵だった。久蔵は、上野元黒門町の茶道具屋『玉秀堂』からの帰り道、おりんを尾行する雲海坊を見掛けて追って来たのだ。

「おりんだな」

「はい」

「俺が追う。誰が来るか見届けろ」

久蔵は、擦れ違いざまに雲海坊に囁いておりんを追った。

「承知」

雲海坊は久蔵を見送り、奇縁氷人石に近づいておりんが貼った紙を見た。

紙には、『明日の夜、企て通り。桂木』と書き記されていた。

おりんは、妻恋町への道を急いでいる。

久蔵は、塗笠を目深《まぶか》に被って追った。

おりんは、おそらく妻恋町の源助長屋に戻る……。

久蔵はそう睨んだ。

家に戻ったおりんが、それからどうするかは分からない。妻恋町は近い。

どうする……。

久蔵は迷った。だが、迷いはすぐに消えた。

おりんを尾行廻し、何らかの尻尾《しっぽ》を出させる……。

久蔵はそう決め、足を速めておりんに近づいた。

おりんは、久蔵の気配に気付いて怪訝な面持ちで振り返った。

久蔵は立ち止り、物陰に入った。


おりんは、背筋に突き上がる寒気を覚えた。

尾行られている……。

おりんは、思いを巡らせながら歩き出した。

役人……。

そして、自分を女掏摸と知っている……。

おりんは焦った。

兵庫助のいる源助長屋に連れて行くわけにはいかない……。

おりんは、妻恋町には入らずに妻恋坂を下った。

妻恋坂を下ったおりんは、明神下の通りに出て下谷に向かった。尾行を確かめるかのように歩調を微妙に変えながら進んだ。塗笠を被った武士は、おりんの微妙に変化する歩調に合わせて追ってくる。

おりんは、思わず怯えた。

塗笠を被った武士は、尾行を知られるのも構わずに追って来る。

どうして……。

おりんは、胸の中で悲鳴をあげた。

雲海坊は、奇縁氷人石の見通せる茶店で茶を啜っていた。

男坂から久助があがって来た。

「野郎……」

久助は、奇縁氷人石に近づき、〝をしふるかた〟からおりんの貼った紙を剝《は》ぎ取った。

雲海坊は茶店を出た。

不意に平七が現れた。

「平七親分……」

雲海坊は戸惑った。

平七は、浅草花川戸の飲み屋を出た久助を追って来ていた。

「誰からの報せだ」

平七は、久助を見つめながら囁いた。

「おりんです」

「おりん……」

「ええ。明日の夜、企て通り。桂木と……」

「桂木……」

「ええ。桂木兵庫助です」

「やっぱり繋がっていたか……」

久助は、剝ぎ取った紙を懐に入れ、境内を横切って男坂に向かって行く。

平七と雲海坊は追った。


不忍池《しのばずのいけ》には水鳥が遊び、幾つもの波紋が広がっていた。

おりんは畔《ほとり》に佇み、背後を窺った。

塗笠を被った羽織袴の武士が、背後の木陰に潜んでいた。

武士はまるで楽しむかのように、これみよがしに尾行して来る……。

おりんは、武士の思惑を突き止めようとした。

武士は自分の正体を知っており、掏摸を働くのを見届けてお縄にするつもりなのか……。

おりんは思いを巡らせた。だが、はっきりした答えは見つからなかった。

おりんは恐怖を覚えた。

「畜生……」

おりんは、恐怖を振り払うように小石を水面に投げ付けた。小石は水飛沫《みずしぶき》を僅かにあげ、波紋を大きく広げた。

怯えている……。

久蔵は苦笑した。

おりんは、久蔵の尾行を撒《ま》くのを諦めたかのように不忍池の畔に佇んでいた。

久蔵は、佇み続けるおりんに寂しさと哀しさを感じた。そして、その寂しさと哀しさは、桂木兵庫助とおりんに関わりがあると思えた。

桂木兵庫助とおりんは、どのような関わりなのだ……。

久蔵は知りたくなった。

おりんは、覚悟を決めたかのように畔を離れた。

久蔵は、木陰を出ておりんを追った。おりんは、立ち止って振り向いた。久蔵は、思わず立ち止った。

刹那、おりんは帯の後ろから匕首を抜き、久蔵に突き掛かってきた。

久蔵は、匕首を握る手を素早く押さえた。

「放せ……」

おりんは、身体を捩《よじ》って久蔵の手から逃れようとした。だが、久蔵の手からは逃れようもなかった。

「掏摸のおりんか……」

「だったら、どうだっていうのさ」

おりんは懸命に抗《あらが》った。

「早まった真似はするな」

久蔵は、匕首を奪っておりんを突き飛ばした。おりんは、散り始めた枯葉の上に倒れ、激しく息を鳴らした。

久蔵は、おりんを静かな眼差しで見守った。

「私は、誰の財布も掏っちゃあいない。なんだったら裸にして調べてみりゃあいいさ」

「それには及ばねぇ」

「だったらどうして……」

「おりん、桂木兵庫助は何を企てている」

おりんは思わずうろたえ、久蔵を見つめた。

久蔵は小さく笑った。

「お侍さん、何者なんだい……」

おりんは、久蔵に探る眼を向けた。

「俺か、俺は南町奉行所与力の秋山久蔵だ」

「秋山久蔵……」

おりんは、久蔵の名を知っていたのか、その眼に怯えを過ぎらせた。

「桂木が何を企てているのか、正直に話すんだな」

「知らないよ。そんな事。私は何も知らないよ」

おりんは、喉を引き攣らせ、解《ほつ》れ髪を揺らした。

「そうか……」

久蔵は苦笑した。

「ええ、私は何も知らない……」

「ならばおりん、桂木兵庫助とはどういう関わりなのだ」

「兵庫助の旦那は、私を助けてくれた……」

「助けてくれた……」

「私が旗本の財布を狙い、失敗して殺されそうになった時、助けてくれたんですよ」

「いつの事だ」

「兵庫助の旦那、お屋敷の人たちに追われていた頃だから、二年ぐらい前……」

二年前、おりんは桂木兵庫助に命を助けられていた。

「それ以来、桂木とは切っても切れぬ仲になったか……」

「子供の時に親に売られ、頼る人もなくたった一人で世間の泥水を啜って生きて来た。そんな私の命の恩人。とことん尽くしますよ」

おりんは、開き直ったように云い放った。

桂木兵庫助は、おりんにとって命の恩人であり、この世で只一人の信じられる者なのだ。

久蔵は、桂木兵庫助とおりんの関わりを知った。

「秋山さま、どうして兵庫助の旦那を……」

おりんは探りを入れて来た。

「大友家にいる知り合いが、女掏摸と一緒に何かを企んでいるかも知れないとな……」

久蔵は咄嗟《とつさ》に誤魔化した。

「大友家……」

おりんは眉をひそめた。

「ああ……」

町奉行所の与力や同心が、大名旗本に金を貰って働く事は良くある。

「秋山さま、大友家のお知り合いに伝えて下さいな。桂木兵庫助は近いうちに江戸から出て行く、掏摸から足を洗う女と一緒に出て行くつもりだと……」

「おりん、そいつは……」

「本当です。兵庫助の旦那、私にそう約束してくれたんです。だから、私も掏摸から足を洗うんです」

おりんは、久蔵を見つめて告げた。その眼の奥に嬉しさが滲んでいた。

おりんの言葉に嘘はない……。

久蔵は見極めた。

「分かった。大友家の知り合いにそう伝えよう。じゃあ、行くがいい」

久蔵は微笑んだ。

「秋山さま……」

おりんは困惑した。

「おりん、江戸を出るのは早い方がいい。桂木兵庫助にそう伝えるんだな。さあ……」

久蔵は促した。

おりんは頷き、不忍池の畔を足早に立ち去って行った。

久蔵は見送った。

おりんは、久蔵と逢った事をおそらく桂木兵庫助に伝えるはずだ。

桂木兵庫助はどう出るか……。

久蔵は賭けた。

不忍池に風が吹き抜け、日暮れが近づいていた。

柳橋の船宿『笹舟』は、日が暮れると暖簾を仕舞った。

女将のおまきは、夜の舟遊びで『笹舟』の船が狙われ、お客や船頭に危害を加えられるのを恐れた。

白縫半兵衛は、蕎麦屋『藪十』の長八と表を警戒し、親方の伝八を始めとした船頭たちに裏手の護りを固めさせた。そして、弥平次の傍に寅吉を配した。

夜、神崎和馬と幸吉が戻って来た。そして、半兵衛に桂木兵庫助が大友家の元家来であり、浪人した経緯を話した。

「桂木は、大友忠義を恨んでいるか……」

半兵衛は眉をひそめた。

「はい」

和馬は頷いた。

「ところで半兵衛の旦那、あっしたちは何を……」

幸吉は、半兵衛の指示を求めた。

「うん。時々、二人で笹舟の外を派手に見廻っちゃあくれないか」

「心得ました」

和馬は、町奉行所違いの半兵衛の指示に素直に従い、幸吉と共に『笹舟』の提灯《ちようちん》を掲げてこれ見よがしに見廻りを始めた。

柳橋を着流しの侍が、『笹舟』に向かって渡って来た。

「誰だ……」

和馬と幸吉は、提灯をかざして誰何《すいか》した。

「ご苦労だな。俺だよ」

着流しの侍は久蔵だった。

「秋山さま……」

「派手な見廻りだな」

久蔵は苦笑した。

「はい。半兵衛さんの指示です」

「流石《さすが》だな。派手な見廻りをして、馬鹿な奴らを寄せ付けねえか……」

久蔵は、半兵衛の遣り方を読んだ。

「見廻りが終わったら、ちょいと話がある」

久蔵は、和馬と幸吉に告げた。

「心得ました」

和馬と幸吉は見廻りを続けた。

おまきとお糸は、帳場にいる久蔵と半兵衛に酒と肴《さかな》を運んだ。

「どうぞ……」

おまきとお糸は、久蔵と半兵衛の猪口に酒を満たした。

「長八のおじさんも一息入れて下さい」

お糸は、土間の大囲炉裏《おおいろり》の傍にいる長八にも酒を勧めた。

「すまねえな、お糸坊……」

「いいえ……」

長八は、お糸の酌で美味そうに酒を啜った。

「おまき、後で平七と半次や雲海坊も集まる手筈だ」

久蔵は酒を飲んだ。

「畏まりました」

おまきは頷いた。

「そろそろ幕を下ろす時が来ましたか……」

半兵衛は、久蔵に徳利を差し出した。

「ああ……」

久蔵は、猪口に満たされた酒を飲み干した。

半刻が過ぎた。

船宿『笹舟』には、久蔵と半兵衛の他に和馬、平七、半次、幸吉、雲海坊が集まった。

おまきは、お糸、長八、勇次たちと酒と肴を運んだ。

「さあて、みんなに集まって貰ったのは他でもねえ。弥平次を刺した猪之吉の野郎の探索をしていて、いろいろな事がわかったぜ。先ずは平七」

「はい。猪之吉は、おそらく亀戸天満宮門前の茶店に潜んでいて、妙な野郎どもが集まって来ている。まるで押し込む前の盗賊のようにね……」

平七は薄く笑った。

「平七親分、そいつは久助の女がやっている飲み屋も同じですぜ」

半次が告げた。

「ほう、久助の処にもか……」

半兵衛は眉をひそめた。

「はい」

半次は頷いた。

「みんな、もう気付いているかもしれねえが、どうやら猪之吉が弥平次を刺した裏には、盗人の押し込みの企てが潜んでいるようだ」

久蔵は手酌で酒を飲んだ。

「やはり、裏がありましたか……」

半兵衛は苦笑した。

「秋山さま。押し込み先は……」

和馬と幸吉は眉をひそめた。

「四千石の旗本、高家の大友忠義の屋敷だ」

「やっぱり……」

和馬と幸吉は頷いた。

「それで秋山さま、奴らはいつ……」

雲海坊は身を乗り出した。

「明後日、下谷の茶道具屋玉秀堂は、高家大友屋敷に千利休の作った茶道具を千両で売り渡す。だから大友忠義は、明日中に千両を用意する」

「じゃあ、猪之吉たちはその千両を……」

「おそらくな……」

「では秋山さま、猪之吉はどうして弥平次親分を……」

雲海坊は首を捻った。

「雲海坊、大友屋敷は八ツ小路から淡路坂をあがり、神田川を背にした屋敷だ。弥平次はその押し込みの邪魔。そして一番の狙いは、俺たちの警戒をこの笹舟に引き付ける為……」

久蔵は睨んだ。

「ですが、秋山さま。相手は高家とはいえ、四千石の大身旗本、盗賊が易々と押し込めるとは思えませんが……」

「和馬、桂木兵庫助は何故、一味に加わっているんだ」

「それは二年前、桂木兵庫助と言い交わした腰元が茶の湯の茶碗を割り、大友忠義に手討ちにされたのを恨んで……」

和馬は気が付いた。

「ああ。桂木は盗人騒ぎに紛れて大友忠義を斬る魂胆だ」

久蔵は睨んだ。

「それとも、桂木の大友襲撃に紛れて盗賊どもが働くか……」

半兵衛は逆を睨んだ。

「ああ。いずれにしろ明日の夜、桂木兵庫助と猪之吉どもは、俺たちの眼を笹舟に引き付け、大友屋敷に押し込む企てだ」

「おそらく猪之吉たち盗賊は、神田川を船で遡り、大友屋敷の裏手に着けるだろうね」

半兵衛は読んだ。

神田川を遡るには、大川と繋がる柳橋にいる弥平次たちの眼が邪魔になる。猪之吉は、弥平次に昔の恨みを晴らし、押し込みの隠れ蓑《みの》にしようとしているのだ。

「俺もそう思うぜ……」

久蔵は笑った。

「いいかい、みんな。相手は押し込みの隠れ蓑に弥平次を殺そうとした薄汚ねえ盗賊だ。情け容赦は無用だぜ」

久蔵は厳しく云い放った。

その夜、船宿『笹舟』は遅くまで明かりが灯され、見廻りが続けられた。

夜が明け、猪之吉たち盗賊が押し込む日になった。

久蔵は、南町奉行所筆頭同心の稲垣源十郎《いながきげんじゅうろう》に密かに捕物出役《とりものしゅつやく》を命じた。

稲垣源十郎は、盗賊の人数や押し込み先の立地などを考慮して捕物出役の仕度を始めた。

桂木兵庫助は、猪之吉たち盗賊と一緒に押し込むのか、別に斬り込むのか……。

そして、大友忠義を斬って恨みを晴らした後、本当におりんと江戸から出て行くつもりなのか……。

久蔵は思いを巡らせた。

七

亥《い》の刻四つ（午後十時）、町木戸は閉じられた。

亀戸天満宮門前町の茶店から、天神の猪之吉が三人の手下と現れ、横十間川に架かる天神橋の船着場から荷船に乗った。猪之吉たちを乗せた荷船は、竪川に向かって進んだ。

半次と鶴次郎は、勇次の操る猪牙舟で尾行を開始した。

大川には舟遊びを楽しむ屋根船の明かりが映えていた。

猪之吉たちを乗せた荷船は、大川を横切って浅草花川戸の船着場に寄った。そして、久助たち三人の盗賊を乗せて大川を下り始めた。

勇次の猪牙舟が、代わって船着場に船縁を寄せた。

「兄貴……」

久助たちを見張っていた平七と庄太が現れ、猪牙舟に乗り込んだ。

「猪之吉たちが乗っているのか」

「はい。荷物の陰に……」

「行きますぜ」

勇次は猪牙舟を操り、大川を下る荷船を追った。

猪之吉と久助たち七人の盗賊を乗せた荷船は、大川から神田川に入った。

柳橋の船宿『笹舟』には明かりが灯され、厳しく警戒する者たちがいた。

猪之吉と久助たち盗賊は、船宿『笹舟』に嘲笑を浴びせて荷船で神田川を遡った。

勇次の操る猪牙舟は、平七、半次、鶴次郎、庄太を乗せて『笹舟』の船着場に入った。

捕物出役装束に身を固めた和馬は、幸吉や捕り方と一緒に、船に乗って待っていた。

「平七、今の荷船か」

和馬は声を潜めた。

「はい。盗賊は猪之吉を入れて七人……」

「よし、行くぞ」

和馬と幸吉たちの乗った船と勇次の猪牙舟は、猪之吉たち盗賊の乗った荷船を追って神田川を遡った。

白縫半兵衛は、長八や寅吉と万一に備えて『笹舟』に残った。


猪之吉たち盗賊の乗った荷船は、擦れ違う船もなく進んだ。

浅草御門、新シ橋《あたらばし》、和泉橋、筋違御門《すじかいごもん》を潜り、荷船は昌平橋に差し掛かった。

昌平橋を潜ると左手に土手が続き、淡路坂、太田姫稲荷があり、旗本屋敷が連なる。その連なりに高家・大友家の屋敷がある。

猪之吉と久助たち盗賊は、積まれた荷の陰から現れ、左手に続く土手の上の旗本屋敷の土塀を見上げた。やがて、大友家の屋敷が見えた。

「止めろ……」

猪之吉は荷船を止めさせた。

「久助……」

「へい」

久助は、土手の上の大友屋敷の土塀の向こうに鉤縄《かぎなわ》を投げた。鉤縄は土塀に引っ掛かった。久助たち盗賊は、鉤縄を頼りに一気に土手を登り、土塀を越える手筈だった。

「お頭……」

「よし」

猪之吉は頷き、夜空高く火矢を放った。

大友屋敷の裏手から夜空に火矢があがった。

桂木兵庫助は火矢を見届け、嘲りを浮べて大友屋敷の表門に向かった。そして、屋敷内の様子を窺った。

猪之吉たちの押し込みが始まったら斬り込む……。

兵庫助にとっては、押し込みなどどうでも良かった。

二年前、大友忠義に茶碗一つで手討ちにされた女の恨みを晴らすのが、唯一の望みなのだ。

押し込みが始まった様子は窺えない。

兵庫助は待った。

久助たち盗賊は、鉤縄を伝って土手を駆け上り始めた。

刹那、捕物出役姿の稲垣源十郎が、土塀の前の茂みから現れて鉤縄を斬り捨てた。久助たちは驚き、土手を転げて神田川に落ちた。

水飛沫が月明かりに煌めいた。

同時に、荷船の前後に南町奉行所と書き記された何本もの高張り提灯が次々に掲げられた。高張り提灯は、両岸にも掲げられた。

猪之吉たち盗賊は激しく狼狽した。

高張り提灯を掲げた船が前後に現れ、猪之吉たちの荷船に迫って来た。

「盗賊天神の猪之吉と一味の者ども、お前たちの企てはすでに露見している。神妙にお縄を受けろ」

稲垣は、土手の上から厳しく告げた。

「畜生……」

猪之吉たち盗賊は、荷船の上で立ち往生した。神田川に落ちた久助たちは、泳いで逃げようとした。

和馬と幸吉は、突棒《つくぼう》で打ちのめし、刺叉《さすまた》で久助を押し沈めた。

久助は悲鳴をあげ、川を血に染めて苦しくもがいた。平七と半次が、袖搦《そでがらみ》を久助の着物に引っ掛け、船に引きずり寄せた。鶴次郎と庄太は、ぐったりとした久助を船縁に引き上げ、手早く捕り縄を打った。

泳いで逃げようとした盗賊たちは、次々に突棒や刺叉で乱打され、神田川深くに押し沈められて捕らえられていった。

稲垣と和馬たちは、荷船に跳び乗って盗賊たちに襲い掛かった。

幸吉と勇次は、親分弥平次の恨みを晴らそうと猪之吉に突き進んだ。平七、半次、鶴次郎、庄太が続いた。

幸吉は、猪之吉の振り廻す長脇差を十手で叩き落とした。勇次が組み付いて押し倒した。半次、鶴次郎、庄太が、倒れた猪之吉を十手で滅多打ちにした。猪之吉は、血まみれになってのたうち廻った。

夜の神田川に男たちの怒声と悲鳴が響いた。

押し込みは失敗した……。

桂木兵庫助は、大友屋敷の裏手から聞こえて来る怒号と悲鳴に気付き、立ち尽くした。

「これまでだぜ。桂木兵庫助……」

兵庫助は振り向いた。

久蔵が、雲海坊と由松を従えていた。

「おぬしは……」

「秋山久蔵……」

「おぬしが……」

兵庫助は身構えた。

久蔵は苦笑した。

「天神の猪之吉は捕らえた。おりんを連れて江戸から早々に立ち去れ」

兵庫助は、久蔵の言葉に戸惑った。

「桂木、おりんの為にも立ち去るんだ」

「秋山どの……」

兵庫助の声には、迷いと躊躇いが入り混じった。

渡辺伊織たち家来が、大友屋敷から駆け出して来て兵庫助を取り囲んだ。

しまった……。

久蔵は臍《ほぞ》を嚙んだ。

「秋山さま……」

雲海坊と由松が慌てた。

「桂木兵庫助、主家に仇《あだ》なす企て、渡辺伊織によってすでに露見している。これまでだと覚悟致せ」

家来たちは刀を抜き、兵庫助の囲みを縮めた。

兵庫助は抜刀した。

「待て」

久蔵は進み出た。

「何だ、おぬしは……」

「私は南町奉行所与力秋山久蔵。桂木兵庫助はすでに我らの手にある。手出しは無用」

久蔵は、大友家の家来たちに厳しく告げた。

「黙れ、此処は町方の不浄役人の手の及ばぬ武家地。早々に立ち去れ」

家来は居丈高に怒鳴った。

「面白え。そっちがそう出るなら、こっちも容赦はしねえ。高家大友忠義は、茶碗一つでか弱い女を手討ちにする吉良上野介《こうずけのすけ》顔負けの非道な爺いだと、江戸中に広めてやろうじゃあねえか」

久蔵は嘲りを浮かべた。

「そ、それは……」

家来たちは狼狽した。

次の瞬間、兵庫助は狼狽する家来の一人を斬り、大友屋敷に突進した。

「待て、桂木」

久蔵は叫んだ。

「斬れ」

「桂木」

家来たちの怒声が飛び交った。兵庫助は立ちはだかる家来を斬り、大友屋敷の潜り戸に入ろうとした。

背後から渡辺が襲い掛かった。

兵庫助は仰《の》け反《ぞ》った。

「桂木……」

久蔵は思わず息を飲んだ。

渡辺は、兵庫助の脇腹に刀を深々と刺していた。

「わ、渡辺……」

兵庫助は振り向き、苦しく顔を歪めた。

渡辺は、怯えたように刀を引き抜いた。兵庫助は、引っ張られたようによろめきながら渡辺に斬り付けた。渡辺は袈裟懸《けさが》けに斬られ、悲鳴と血を振り撒いて倒れた。

兵庫助は笑った。刀の切っ先から血を滴《したた》らせ、哀しげな笑みを浮かべた。

「おのれ……」

家来たちが切っ先を揃え、兵庫助に殺到した。刃が肉に突き刺さる音が鈍く鳴り、兵庫助は数本の刀に支えられ、突き上げられたように立ち尽くした。

「刀を引け」

久蔵は駆け寄った。

家来たちは、我に返ったように後退《あとずさ》りした。

兵庫助はゆっくりと倒れ、夜目にも鮮やかな血飛沫が飛んだ。

「退《ひ》け、退け……」

家来たちは、渡辺の死体を引きずって大友屋敷に戻り、潜り戸を閉めた。

「桂木……」

久蔵は、兵庫助の様子を見た。

兵庫助は、苦しげな息を微かに鳴らした。顔はすでに死相に満ちていた。

雲海坊と由松は見守った。

「桂木、おりんに云い遺す事はないか……」

「お、おりん。すまぬ……」

兵庫助は、微かに洩らして息絶えた。

辻番所の番士たちが、龕燈《がんどう》の明かりを揺らしながら駆け寄って来た。

「秋山さま……」

「雲海坊、由松、桂木を運べ」

「承知……」

雲海坊と由松は、兵庫助の遺体を運び去った。

久蔵は、駆け寄って来る辻番所の番人たちを待った。

静けさが満ち溢れた。

捕物出役はどうやら終わったようだった。

夜の闇は次第に深くなっていく……。

盗賊・天神の猪之吉の弥平次襲撃を隠れ蓑にした押し込みは、未然に防がれた。

猪之吉と久助たち盗賊は死罪となり、その首は鈴が森の獄門台に晒《さら》された。

江戸の町に、高家・大友忠義が茶碗一つの為に腰元を手討ちにしたという噂が流れた。

世間の人々は、大友忠義の非情さを憎み、吉良上野介以来の悪高家と罵《ののし》った。

大友家は屋敷の表門を閉じ、忠義は身を縮めるしかなかった。

弥平次の傷は日に日に良くなり、船宿『笹舟』はいつもの暮らしに戻っていった。

桂木兵庫助は、恨みを晴らせずに滅び、おりんは姿を消した。

一人で江戸を離れたのか、兵庫助の後を追ったのか……。

おりんの行方を知る者はいなかった。

第二話

日限尋《ひぎりたずね》

一

神無月《かんなづき》――十月。

紅葉の名所が賑わい、川風が冷たく吹き抜ける季節になった。

柳橋の船宿『笹舟』の主で岡っ引の弥平次は、秋山久蔵や白縫半兵衛、そして神明の平七、本湊の半次、鶴次郎たちを招いて賑やかに床上《とこあ》げの祝宴を開いた。

養生所の外科医大木俊道が、祝宴に招かれたのはいうまでもない。

祝宴は女将のおまきと養女のお糸が仕切り、幸吉や長八たち手先は勿論、伝八たち船頭や仲居たちも加わって夜更けまで楽しく続いた。

船宿『笹舟』は、ようやく以前の姿に戻った。

八丁堀を江戸湊《えどみなと》に停泊した千石船の荷を積んだ艀船《はしけぶね》が遡っていた。

岡崎町にある秋山屋敷の門前は、下男の与平によって綺麗に掃き清められていた。

柳橋の弥平次は、養女のお糸を連れて挨拶に訪れた。

「こりゃあ、弥平次の親分。とんだ災難だったねえ」

与平は、弥平次とお糸を迎えた。

「ご心配をお掛け致しまして、申し訳ございませんでした」

弥平次とお糸は頭を下げた。

「いやいや、無事に治って本当に良かった。なあ、お糸ちゃん……」

「はい」

お糸は嬉しげに頷いた。

「ささ、旦那さまがお待ちかねですよ」

与平は、弥平次とお糸を庭先に案内した。


久蔵は、妻の香織と庭に面した座敷で待っていた。

「旦那さま、弥平次の親分さんとお糸ちゃんをお連れしました」

「おう、来たかい」

月番は北町奉行所に替わり、久蔵は前月の仕事の始末などをこなし、早々に屋敷に戻っていた。

「秋山さま、過日はわざわざお出で戴《いただ》きましてありがとうございました。奥さま、この度はご心配をお掛け致しまして、申し訳ございませんでした」

弥平次は、香織にも挨拶をした。

「いいえ。お元気になられて何よりです。おまきさんもお喜びでしょう。ねえ、お糸ちゃん……」

香織は、弥平次とお糸に微笑み掛けた。

「はい。奥さま、その母に鴨の肉をお届けするように云われて持参しました。お福さんにお渡ししておきます」

「それはそれは、あなた……」

「いつもすまないな。女将によろしく云ってくれ。弥平次、ま、あがってくれ。香織、酒を頼む」

久蔵は、弥平次を座敷に招き、香織に酒を命じた。

「畏まりました。じゃあお糸ちゃん、お福が待っています。台所に行きましょう」

香織は、自分同様に父親を亡くしたお糸を以前から妹のように可愛がっており、娘の頃には一緒に遊びに出掛けたりしていた。

「はい。では、秋山さま……」

「うむ。お糸、お福に勧められるままに団子や大福を食べちゃあならねえぞ」

久蔵は、両手で身体が肥ると告げ、悪戯《いたずら》っぽく笑った。

「はい。それはもう心得ております」

お糸は真顔で頷いた。

久蔵は笑った。


申《さる》の刻七つ半（午後五時）。

下っ引の幸吉は、定町廻り同心の神崎和馬と見廻りを終えて南町奉行所に戻った。

町奉行所は、月番が替わると表門を閉じて公事訴訟《くじ》を受け付けない。だが、休みではなく、与力や同心は普段通りに役目を果たし、前月の公事の処理などをするのだ。

幸吉は、南町奉行所で和馬と別れ、柳橋の船宿『笹舟』に向かった。

幸吉は、弥平次が襲われて以来、船宿『笹舟』に寝泊りしていた。

町はすでに黄昏時《たそがれどき》になり、人々は家路についていた。

幸吉は、足早に京橋を渡り、通りを日本橋に向かった。

日本橋を渡った幸吉は、室町《むろまち》二丁目の辻を東に曲がった。そして、東西の堀留川を越え、人形町から浜町《はまちょう》を通って両国に出る。両国広小路を横切ると神田川があり、架かっている柳橋を渡ると船宿『笹舟』があった。

幸吉は、人形町から浜町に差し掛かった時、背後に人の気配を感じた。

尾行られている……。

幸吉は、歩みを止めずにそれとなく背後を窺った。しかし、暗がりにそれらしい人影はなかった。

気のせいか……。

幸吉は、苦笑して先を急いだ。

浜町堀には屋根船の明かりが映え、三味線《しゃみせん》の爪弾《つまび》きが流れていた。

幸吉は、浜町堀に架かる汐見橋《しおみばし》を渡った。

その時、傍《かたわ》らの船着場の闇から男の悲鳴があがった。

何だ……。

幸吉は、悲鳴のあがった船着場に走った。

船着場は暗く、繋がれた屋根船や猪牙舟が揺れていた。

幸吉は、暗がりを油断なく透かし見た。

羽織を着た初老の男が倒れていた。

「おい、どうした……」

幸吉は、倒れている初老の男に駆け寄った。初老の男は、胸から血を流して絶命していた。

死んでいる……。

幸吉は、呼子笛《よぶこぶえ》を吹き鳴らそうとした。

刹那、幸吉は後頭部に激痛を覚え、目の前が夜よりも深い闇に覆われるのを感じた。


柳橋の船宿『笹舟』は、出掛けていた屋根船や猪牙舟も戻り、店仕舞いの時を迎えていた。

お糸は、暖簾を片付けに店の表に出た。

船頭で手先の勇次が、心配げな面持ちで表にいた。

「勇次さん、どうかしたの」

「ああ、お嬢さん。幸吉の兄貴がまだ戻らないもんで……」

勇次は、心配げに眉をひそめた。

「幸吉さんが……」

お糸は戸惑った。

「ええ。今日は朝から和馬の旦那の見廻りのお供なんですがね」

「何かあったのかしら……」

「ええ。お嬢さん、俺、南の御番所に一っ走りして来ます。親分と伝八の親方に、そう伝えておいて下さい」

「分かったわ。気を付けてね」

「はい。じゃあ……」

勇次は、『笹舟』と書かれた提灯を懐に入れ、月明かりを頼りに柳橋を走り去った。

お糸は見送った。


「幸吉が……」

弥平次は眉をひそめた。

「ええ。まだ戻らないので、勇次さんが心配して南の御番所に行きました」

お糸は弥平次に報せた。

「そうか……」

「ひょっとしたら、何か事件があったのかもしれないねえ」

おまきは、茶を淹れて弥平次に差し出した。

岡っ引や手先が、事件の探索で家に帰らないのは良くある事だ。だが、その時は、自身番の番人などに連絡を頼み、自分の行動を報せるのが、弥平次の決めた事だ。だが、幸吉からは何の報せも入っていなかった。

「だったら、そう報せがあるはずだが……」

弥平次は茶を啜った。

「そうですねえ。お糸、お茶が入ったよ」

おまきは、自分とお糸の茶も淹れた。

「すみません、おっ母さん……」

おまきとお糸は茶を飲んだ。

「お糸、雲海坊か由松はいるかな」

「雲海坊さん、台所で伝八の親方とお喋《しゃべ》りをしていましたけど、見てきましょうか」

「頼む。いたら此処に寄越してくれ」

「はい……」

お糸は、身軽に立ち上がって台所に行った。

「お前さん……」

おまきは眉をひそめた。

「うん。ちょいと気になってな」

弥平次は眉をひそめ、治ったばかりの背中の傷を気にした。

南町奉行所の小者は首を捻った。

「幸吉っつぁんねえ……」

「ええ。今日は神崎和馬の旦那と一緒だったはずなんですがね」

勇次は眉をひそめた。

「神崎さまならとっくにお帰りになったよ」

「帰った……」

「うん……」

和馬が何事もなく帰ったとなると、事件に関わったとは思えない。

幸吉の兄貴がどうしたのか、和馬の旦那に聞いてみるしかない……。

勇次は、八丁堀の和馬の組屋敷に走った。

八丁堀北島町《きたじまちよう》に神崎和馬の組屋敷はあった。

勇次は木戸を叩いた。

「誰だい……」

玄関に手燭《てしよく》の明かりが揺れ、和馬が屋敷から出て来た。

「笹舟の勇次です」

「おう、勇次か……」

和馬は木戸門を開けた。

「夜分、すみません」

「いや。何かあったのか」

和馬は眉をひそめた。

「いえ。和馬の旦那、幸吉の兄貴、どうしたのかご存知ありませんか」

「幸吉……」

「ええ」

「幸吉なら、日暮れ時に南町の門前で別れたぜ」

勇次は戸惑った。

「日暮れ時……」

「ああ。俺は日誌を書きに奉行所に入り、幸吉はそのまま柳橋に帰ったはずだが……」

「そいつが帰って来ないんですよ」

勇次は、心配げに眉をひそめた。

「帰らない……」

「ええ。何処かで事件に出逢ったり、関わったりしたなら、笹舟に報せが来る手筈なんですが、そいつもなくて、旦那が何かご存知かなと思いまして……」

「俺は知らないが。そいつは妙だな……」

「今日の見廻りで何か気になったとかは……」

幸吉は、見廻りで気になる事があり、戻ったのかもしれない。

「別にないが……」

「そうですか……」

暗がりから人影がやって来た。

「和馬の旦那、勇次……」

人影は、托鉢坊主の雲海坊だった。

「雲海坊の兄貴……」

「和馬の旦那、夜分、お騒がせします」

雲海坊は詫びた。

「いや」

「で、和馬の旦那、何か……」

雲海坊は勇次に尋ねた。

「いえ。何もご存知じゃありません」

「そうか……」

雲海坊は肩を落とした。

「雲海坊……」

和馬は、雲海坊を促した。

「はい。今、北町奉行所に寄って来たんですがね……」

弥平次は、月番の北町奉行所に雲海坊を走らせた。だが、北町でも取り立てて気になる事件を扱ってはいなかった。

「じゃあ……」

「今夜は、どっちの町奉行所にも、幸吉が動くような事件は起きていないって事か……」

和馬は困惑した。

「ええ……」

雲海坊は頷いた。

「どうしたんでしょうね、幸吉の兄貴……」

勇次は、不安げに夜の闇を見つめた。

壁に掛けられた燭台の明かりが、仄かに辺りを照らしていた。

幸吉は意識を取り戻した。そして、後頭部の痛みに思わず顔を歪めた。

「くそ……」

幸吉は、冷たい板の床に手をついて起き上がろうとした。だが、腕は後手に縛られていた。

幸吉はもがいた。そして、腹筋を使って懸命に起き上がった。壁の仄かな明かりが、太い格子の外に見えた。

格子……。

幸吉は驚いた。

太い格子は牢屋のものだった。だが、見覚えのある両町奉行所や大番屋の牢の格子ではなかった。

何処の牢だ……。

牢は、町奉行所や大番屋のものより新しく、微かに血の臭いがした。

幸吉は焦りを覚えた。

不意に、汐見橋の船着場で死んでいる羽織を着た初老の男を思い出した。

死んでいた男は何処の誰だ……。

何処の牢なのだ……。

俺はどうしたんだ……。

幸吉は焦りと苛立ち、そして云い知れぬ不気味さを感じずにはいられなかった。

壁の燭台の蠟燭《ろうそく》は燃え尽き掛け、音を鳴らして瞬《また》いた。

大川の流れは冬色に変わり始めていた。

幸吉が帰らないまま夜は明けた。

船宿『笹舟』の店の明かりは、一晩中消える事はなかった。

幸吉からの報せがないまま朝が過ぎ、昼が近づいた。

和馬が着物の裾《すそ》を割り、長い脛《すね》を剝《む》き出しにして船宿『笹舟』に駆け込み、あがり框に倒れ込んだ。

「どうしたんですか、和馬の旦那」

帳場にいたおまきは驚いた。

「女将さん、大変だ。親分はいるか」

和馬は、血相を変えて息を激しく鳴らした。

「は、はい……」

おまきは、和馬の用が幸吉に関しての事だと察知し、弥平次を呼んだ。そして、湯呑茶碗に水を汲んで和馬に渡した。

「さあ、旦那……」

「すまん……」

和馬は喉を鳴らして水を飲んだ。

「和馬の旦那……」

弥平次が奥から出て来た。

「親分、大変だ、幸吉が火盗改《かとうあらため》に捕らえられた」

「火盗改……」

弥平次は驚いた。

「うん。さっき火盗改から、昨夜、幸吉を質屋大黒屋《だいこくや》の主殺しで捕らえたと報せが来た」

「幸吉が人殺し……」

弥平次とおまきは呆然とした。

「ああ。それで今、秋山さまが火盗改の役宅に急ぎ、俺が報せに来たわけだ」

「そうですか……」

幸吉は、思いもよらぬ事態に陥っていた。

弥平次は、困惑せずにはいられなかった。

火盗改とは、〝火附盗賊改《ひつけとうぞくあらため》〟の事である。

放火・強盗などや武士の犯罪を探索し、取り締まるのが役目である。

町奉行所との違いは、行政を司らない番方（武官）で、合戦では先鋒を勤める御先手組《おさきてぐみ》に属しており、斬り棄て御免の荒っぽさで名高い組織だった。そして、火附盗賊改方は役所がなく、役宅が与えられて取り調べなどが行われていた。

火附盗賊改・酒井采女正《さかいうねめのしよう》の役宅は、一ツ橋御門外にあった。

久蔵は、火附盗賊改を訪れ、与力の片平左兵衛《かたひらさへえ》に面会を申し入れた。

「与力の片平左兵衛に、八丁堀の秋山久蔵が来たって伝えてくれ」

火附盗賊改方与力片平左兵衛は、心形刀流《しんぎようとうりゆう》での久蔵の弟弟子だった。

与力・片平左兵衛は、久蔵を用部屋に招いた。

「ご無沙汰致しました……」

片平左兵衛は、久蔵に笑みを含んだ眼を向けた。

「左兵衛、そいつはお互いさまだ。それより、良く報せてくれた。礼を云うぜ」

久蔵は、左兵衛の好意に頭を下げた。

「いいえ……」

左兵衛にとって久蔵は剣だけではなく、遊びの兄弟子でもあった。

「報せを貰って急いで来たが、幸吉は俺が頼りにしている岡っ引、柳橋の弥平次の身内だ。決して怪しい者ではない」

「ええ。本人もそう申しております、ですが、浜町の質屋大黒屋の主松太郎《まつたろう》の死体の傍に血にまみれた匕首を握って倒れていましてね。それで、同心の菊池《きくち》と島《しま》川《かわ》が捕らえ、役宅の牢に入れたというわけです」

　片平は事情を説明した。

「その辺のところ、幸吉はどう云っているんだい」

「悲鳴が聞こえたので駆け付けると初老の男が倒れており、胸を刺されて殺されていると分かった瞬間、背後から殴られて気を失ったと申し立てています」

　片平は、能吏《のうり》らしく何の感情も交えず、幸吉の言葉を伝えた。

「ならば、幸吉は質屋の主を殺したとは認めてはいないんだな」

「ええ……」

　片平は薄く笑った。

「左兵衛はどう思っているんだい」

　久蔵は、片平左兵衛を見据えた。

「それはまだ何とも申せませんが、捕らえた菊池と島川は、下手人に間違いないと……」

「その二人、逢わせて貰いたい」

　久蔵は厳しい面持ちで頼んだ。

火附盗賊改の同心・菊池八郎《はちろう》と島川久之進《ひさのしん》は、不愉快さを露骨に顔に出した。

久蔵は、笑みを浮かべ問い質《ただ》し始めた。

「幸吉が質屋の旦那を殺した場所は何処だい」

「浜町堀は汐見橋の船着場です」

菊池は、不服げに久蔵を睨み付けた。

「じゃあ、幸吉がどうして質屋の旦那を殺したんだ？」

久蔵は厳しく見返した。

菊池は、怯えを過ぎらせて眼を逸《そ》らした。

「そいつは、懐の財布を狙っての仕業。所詮は岡っ引の手先、叩けば幾らでも埃が舞い上がる」

島川は嘲りを浮かべた。

菊池八郎と島川久之進は、最初から幸吉を下手人だと決めて掛かっている。

「お前さんたち、どうして浜町堀の汐見橋の近くにいたんだい」

「それは盗賊の隠れ家を探していて……」

島川は、上役である片平を一瞥した。

「秋山さん、我らは今、般若《はんにゃ》の清五郎《せいごろう》と申す盗賊を追っていましてね。菊池と島川は、その探索をしていたのです」

「成る程。じゃあ、幸吉が大黒屋の旦那を殺したという確かな証拠、あるのかな」

久蔵は、菊池と島川を厳しく見据えた。

「いえ、それはまだ……」

島川は、不貞腐《ふてくさ》れたように眼を背《そむ》けた。

「じゃあ、幸吉は何故、これ見よがしに血まみれの匕首を握って気を失っていたんだい」

久蔵は鋭く突いた。

「それは、これから幸吉に白状させますよ」

島川は苛立たしげに告げた。

「拷問での白状は認めねえぜ」

久蔵は釘を刺した。

「火盗改が町方に指図される謂《いわ》れはない」

島川は吐き棄てた。

「ならば、俺たちも探索をさせて貰うぜ」

久蔵は小さく笑った。

菊池と島川は緊張を滲ませた。

「秋山さん、これは我ら火盗改の事件です」

片平は眉をひそめた。

「片平、事件は俺のものでもお前さんたちのものでもねえ。強《し》いていえば、真相を突き止めてくれと願っている殺された仏さんのものだ」

「秋山さん……」

片平は久蔵を見つめた。

「違うかな……」

久蔵は笑った。

「分かりました。では、三日間だけです。今日から三日間だけ探索を許しましょう。その間に質屋大黒屋松太郎殺しの真相を突き止めるんですね」

片平は小さく笑った。

「面白い。三日間の日限尋《ひぎりたずね》、承知したぜ」

久蔵は不敵に云い放った。

二

日限尋とは、日限を切った探索をいう。

事件が火附盗賊改の手にある限り、久蔵は片平左兵衛の提案を受け入れるしかない。

一件を報せてくれたのも、日限尋を受け入れてくれたのも、片平左兵衛の好意なのだ。

「いろいろ気を使わせてすまねえな」

久蔵は、菊池と島川が退室した後、片平に頭を下げた。

「いいえ。さあ、行きますか……」

片平は座を立った。

「何処に……」

久蔵は眉をひそめた。

「秋山さんが今、一番逢いたい者の処です」

片平は、久蔵を幸吉のいる牢に案内した。

土蔵の中は薄暗く、血の臭いが微かに鼻を突いた。

牢は土蔵の奥にあり、手前には責道具を揃えた拷問部屋があった。

「申し訳ありませんが、他の者の手前があります。手短に……」

「心得た」

久蔵は牢の前に進んだ。

幸吉は、眼を閉じて板壁に寄り掛かり、高窓から差し込む日差しを受けていた。

「幸吉……」

久蔵は、格子越しに幸吉を呼んだ。

幸吉は、久蔵に気付いて慌てて格子際に寄った。

「秋山さま……ここは」

「火附盗賊改の屋敷だ」

「えっ」

怪訝そうな顔を見せた幸吉に、久蔵は経緯を話した。

「それで、汐見橋の船着場で何があった」

「悲鳴を聞いて駆け付けて、死体を見つけた時、後ろから頭を殴られて気を失いました」

「仏が何処の誰か知っているか……」

「いいえ。知りません」

幸吉は眉をひそめた。

「そうか。よし、どんなに責められても身に覚えがねえ事は認めちゃあならねえぜ」

「はい。死んでも……」

幸吉は、悲壮な覚悟を決めたようだ。

「うむ……」

久蔵は、励ますように微笑んだ。


船宿『笹舟』の土間の大囲炉裏には、炭が真っ赤に熾《お》きていた。

座敷に入った久蔵は座った。

弥平次と和馬。そして、鋳掛屋の寅吉、蕎麦屋の長八、托鉢坊主の雲海坊、しゃぼん玉売りの由松、船頭の勇次たち手先が固唾を飲んで久蔵の言葉を待った。

久蔵は茶を飲んだ。

「みんな、すでに聞いたと思うが、昨夜、幸吉が浜町堀は汐見橋の船着場で質屋大黒屋の主の松太郎を刺し殺したとして、火盗改に捕らえられ、役宅の牢に繋がれた」

久蔵は静かに告げた。

和馬の喉が上下し、奇妙な音が鳴った。

「幸吉が下手人とされたのは、殺された松太郎の傍に血にまみれた匕首を握り締めて気を失っていたからだ」

「そんな。殺して何故、気を失っていたんですか」

和馬は思わず叫んだ。

「和馬、幸吉によれば死体を見つけた時、背後から頭を殴られて気を失ったそうだ」

久蔵は苦笑した。

「火盗改はそいつを信用しないんですか」

「ああ。幸吉を捕らえた菊池八郎と島川久之進という二人の同心がな」

「野郎……」

由松がいきり立った。

「それで秋山さま、火盗改は幸吉を人を殺した咎人《とがにん》として仕置を……」

弥平次は眉をひそめた。

「うむ。だが、いうまでもなく幸吉は松太郎を殺したとは認めちゃあいない。おそらく厳しく責められるだろう。その責めから助けるには、俺たちが一刻も早く下手人を見つけ出し、捕らえるしかねえ」

「ですが、相手は火盗改……」

和馬は眉をひそめた。

「今日から三日間だ」

久蔵は遮った。

「三日間……」

和馬と弥平次たちは戸惑った。

「ああ。火盗改は三日間の日限尋を云って来た」

「日限尋……」

勇次は困惑した。

「日限尋ってのは、日にちを限っての探索だ」

寅吉が教えた。

「じゃあ、今日から三日間で下手人を捕らえなければならないのですか」

勇次は驚いた。

「そういう事だ」

寅吉は、憮然《ぶぜん》とした面持ちで答えた。

「無理ですぜ、三日じゃあ……」

由松は苛立った。

「由松、三日でも長いくらいだ」

「長八さん……」

由松は戸惑った。

「幾ら幸吉でも、火盗改の責めを三日も受ければ無事じゃあすまねえ」

長八は告げた。

「その通りだ」

久蔵は、厳しい面持ちで頷いた。

幸吉に、厳しく荒い火盗改の拷問を三日以上も受けさせるわけにはいかない。

「分かりました。あっしは殺された大黒屋の松太郎の身辺を探ります」

「雲海坊の兄貴、俺も一緒にやるぜ」

由松は身を乗り出した。

「よし。そうしてくれ。それから秋山さま。火盗改の同心は、菊池八郎と島川久之進というんですね」

弥平次は尋ねた。

「ああ」

「寅吉、長八、勇次、この二人の身の周りと、殺された仏さんと関わりはなかったか、何しに汐見橋に行っていたかを探ってくれ」

弥平次は命じた。

「俺は、火盗改が追っている盗賊般若の清五郎を調べてみる」

「親分、俺も一緒にやるぜ」

和馬は頷いた。

「秋山さま……」

弥平次は、探索の良し悪しを久蔵に尋ねた。

「いいだろう。よし、手配りが決まったらすぐに掛かるんだ」

久蔵は命じた。

昼下がりの浜町河岸には物売りの声が響いていた。

汐見橋の船着場に繋がれた猪牙舟は、通り過ぎて行く屋根船の横波を受けて大きく揺れていた。

殺された松太郎の営む質屋『大黒屋』は、浜町河岸の高砂町《たかさごちょう》にあった。

雲海坊と由松は、質屋『大黒屋』と主の松太郎の評判の聞き込みを開始した。


一ツ橋御門外にある火盗改の役宅には、与力や同心が忙しく出入りしていた。

寅吉、長八、勇次は、同心の菊池八郎と島川久之進の身辺と評判を調べた。

岡っ引の手先が、火盗改同心を調べているのが露見すれば只ではすまない。累は親分や同心、下手をすれば町奉行所全体に及ぶかも知れない。寅吉と長八は、勇次が苛立つほど慎重に調べを進めた。


般若の清五郎は、関八州を荒し廻っている盗賊であり、江戸でも大胆不敵な押し込みを働いていた。

弥平次と和馬は、般若の清五郎たち盗賊が、火盗改や町方役人たちの裏をかいた押し込み働きをしているのを知り、その巧妙さに驚いた。

清五郎が押し込みで盗む物は、金だけに限らず高価な茶道具や置物などもあった。そうした品物は、清五郎の手下が江戸で密かに売り捌《さば》いていると思われた。

弥平次と和馬は、般若の清五郎の江戸に潜んでいる手下の割り出しを急いだ。


拷問部屋の隅には、笞《むち》や石抱きの石や十露盤《そろばん》などの責道具が置かれていた。

幸吉は後ろ手に縛られ、菊池と島川によって筵《むしろ》に引き据えられた。

「どうだ幸吉、大黒屋松太郎を手に掛けたのを認める気になったか」

島川は嘲笑《や》を浮かべた。

「あっしは殺っちゃあいません。殺ってもいない事を認めるわけにはいきません」

幸吉は、腹を据えていた。

「だったら何故、血にまみれた匕首を持っていたんだ」

「きっと、下手人が気を失ったあっしに握らせたんでしょう」

「その証拠、あるのか……」

島川は、幸吉の胸倉を鷲摑《わしづか》みにして睨み付けた。

幸吉は、島川を睨み返しながら首を横に振った。

「おのれ。菊池」

島川は怒りを浮かべた。

「おう……」

菊池は、長さ一尺八寸の竹を麻で包んで観世捻《かんぜより》で巻き絞めた笞を振り上げ、幸吉の背中目掛けて唸《うな》らせた。

笞は幸吉の背で鋭い音を短く鳴らした。

幸吉は激痛に呻《うめ》いた。

「吐け、幸吉。私が殺りましたと吐くんだ」

島川は、幸吉を激しく打ち据えた。

幸吉は懸命に耐えた。

笞の唸りが薄暗い土蔵に響いた。

質屋『大黒屋』松太郎は、女房と手代に店を任せていた。そして、流れた質草の高価な物を好事家《こうずか》に売っていた。

松太郎は、金を貸すのも渋く、期限が来たら早々に流した。そこに人の優しさや情の欠片《かけら》もなかった。

質屋『大黒屋』の周囲にいる者の半数以上の者は、松太郎の死をさほど哀しんではいなかった。

雲海坊は、浜町の古くからの質屋を訪れて『大黒屋』の詳しい事を尋ねた。

「松太郎さんは、亡くなった先代の娘、今のおかみさんの婿になって大黒屋を継いでね。それから質草を早々に流すようになって。金になる質草は、それなりに訳のある物が多くて、持ち込む客にとっても大切な物が多いもんでね。普通だったら一日二日は待ってやるんだが……。だから、松太郎さんを恨んでいるお客も多かったと思うよ」

古くからの質屋の主は眉をひそめた。

松太郎は、恨んでいる客に殺されたのかも知れない……。

雲海坊は思いを巡らせた。

由松は、大黒屋松太郎が殺された日の夕方、亀井町《かめいちょう》の蕎麦屋で二人の侍と酒を飲んでいたのを突き止めた。

「その侍ってのは浪人かい」

「いや、ありゃあ浪人じゃねえ。かといって何処かの浅葱裏《あさぎうら》でもねえし。ま、強いていえば貧乏旗本か御家人ってところかな」

蕎麦屋の親父は首を傾げた。

「貧乏旗本か御家人ねえ……」

「ああ、今になって思えば、時々三人で来ていたな」

「どんな事を話していたのかな」

「さあ、そこまでは……」

「そうか。で、松太郎旦那が殺された日、どうした」

由松は意気込んだ。

「先ずは大黒屋の旦那が帰り、二人の侍もすぐ後に帰ったよ」

「すぐ後にね……」

二人の侍は、松太郎を追って行ったのかも知れない……。

由松は、二人の武士を見掛けた者を探す事にした。

浜町堀は夕陽に染まり始めた。


江戸城は薄暮の中に黒い影になった。

一ツ橋御門外の火附盗賊改・酒井采女正の役宅は、城郭と大名旗本の屋敷街の間にあり、張り込みや聞き込みの難しいところだった。

寅吉と長八は、武家屋敷の中間《ちゅうげん》や小者、そして出入りの商人などに粘り強く聞き込みを掛け、菊池八郎と島川久之進の人となりを調べ続けた。

菊池八郎は武芸自慢であり、捕物の時には先陣を切る。島川久之進は策謀を巡らすのを好み、狡猾な探索をする。そんな二人に共通するのは、女と博奕が好きな事だった。

「女と博奕ねえ……」

長八は首を捻った。

「ああ。こういっちゃあ何だが、火盗改の同心、大して金があるとは思えねえ」

寅吉は睨んだ。

「その割には派手に遊んでいるかい」

長八は苦笑した。

「金づるでもあるのかな……」

「きっとな……」

長八は頷いた。

「出てきましたぜ」

火盗改の役宅を見張っていた勇次が、長八と寅吉の許に駆け寄って来た。

「よし。追ってみよう」

寅吉、長八、勇次は、雉子橋通《きじばしどお》りを神田川に向かう菊池と島川を尾行した。

菊池と島川は、通い慣れた道なのか提灯も持たずに足早に進んで行く。

菊池と島川も尾行や見張りの玄人だ。

下手な尾行は命取りだ……。

寅吉、長八、勇次は、菊池と島川の周囲に散り、入れ替わりながら巧妙に尾行した。

盗賊・般若の清五郎は、相州小田原、武州川越、総州佐倉、上州館林《たてばやし》などに隠れ家を持ち、常に移動しながら押し込みを働いていた。

清五郎は、金の他に各地の庄屋やお大尽が所有しているお宝を盗み、江戸の好事家に高値で売り捌いていた。好事家たちは、それが盗品だと知りながら買い、密かに愛《め》でているのだ。

弥平次と和馬は、好事家を割り出して江戸で盗品を売り捌く清五郎の手下を突き止めようとした。

飯も汁も冷え切っていた。

幸吉は、皮膚の裂けた背中の痛みに耐えながら飯を食べ、汁を啜った。

飯と汁は不味《まず》かった。だが、拷問に耐える為には無理をしてでも食べ、身体に力をつけておかなければならない。

幸吉は懸命に食べた。

弥平次親分や仲間のみんな。そして、秋山さまや和馬の旦那が必ず助け出してくれる……。

幸吉は信じた。そう信じ、冷えて不味い飯と汁を食べるしかなかった。

拷問に負けてたまるか……。

幸吉は、暗い牢で必死に飯を食べて汁を飲んだ。

高窓から差し込む月明かりは、不気味なほどに蒼白かった。

三

舟遊びをする屋根船も減り、夜の大川には冷たい風が吹き抜けていた。

久蔵は船宿『笹舟』に赴き、探索から戻って来た弥平次、長八、雲海坊の話を聞いた。

「大黒屋の松太郎は、時々二人の貧乏旗本らしき侍と逢っていたか……」

「はい。昨夜、その侍たちが汐見橋の辺りにいなかったか、由松が調べています」

雲海坊は告げた。

「うん。で、雲海坊、松太郎だが、流れた高値の質草をすぐに売り飛ばすんだな」

「ええ。あまり評判の良い商いはしていなかったようです」

「そうか……」

久蔵は眉をひそめた。

「弥平次……」

「はい」

「般若の清五郎、押し込み先から金の他にお宝も奪い、江戸で好事家に売り捌いているようだといったな」

「はい。今も和馬の旦那が、好事家を探し出して、江戸で売り捌いている手下を突き止めようと……。秋山さま、まさか……」

弥平次は何事かに気付き、眉をひそめた。

「ああ。そのまさかだが、殺された大黒屋松太郎、ひょっとしたら般若の清五郎の手下で、盗んだお宝を好事家に売り捌いていたんじゃあねえのかな」

久蔵は睨んだ。

長八と雲海坊が思わず声をあげ、弥平次は頷いた。

「分かりました。松太郎の昔を詳しく洗ってみます」

雲海坊は意気込んだ。

「それから長八、火盗改の菊池と島川、女と博奕に眼のねえ野郎どもなんだな」

「はい。今は湯島天神門前で酌婦を相手に飲んでいます。そのまま酌婦と遊ぶのか、賭場に行くのか。寅さんと勇次が見張っています」

長八は苦笑した。

「女にしろ博奕にしろ、遊ぶのには金が掛かる。そいつを何処から調達しているかだな」

「はい。ま、火盗改の同心の旦那です。きっと人の弱味を握り、脅したりすかしたりして調達しているか。それとも盗人の飼い犬になって、お零れを頂戴しているのか。どっちにしろまともじゃありませんや」

長八は吐き棄てた。

「長八、菊池と島川、盗人の飼い犬になっていたらどうなるかな」

「えっ……」

長八は戸惑った。

「秋山さま……」

弥平次は、満面に厳しさを浮かべた。

「昨日、松太郎と一緒にいた二人の侍、菊池と島川だったらどうなる」

久蔵の眼は鋭く輝いた。

行燈の火は、油が切れかかったのか小さな音を鳴らして瞬いた。

雲海坊は、行燈の油皿に油を足し、器用に芯を切った。

行燈の火は瞬きを納め、大きく辺りを照らした。

「と仰いますと、大黒屋松太郎は、般若の清五郎の手下であり、火盗改同心の菊池さまに島川さまと通じていた、と……」

弥平次は口をへの字に曲げた。

長八と雲海坊は、久蔵の意外な睨みに喉を鳴らした。

「ああ。そして、何事かで揉《も》め、菊池と島川は松太郎を殺した。その直後に幸吉が通りかかり、野郎どもは幸吉を殴り、気を失わせて下手人に仕立て上げた」

久蔵は読んだ。

長八と雲海坊は、大きな吐息を洩らした。

「ですが、秋山さま。そう決め付けてよろしいのでしょうか……」

弥平次は慎重だった。

「弥平次、もうじき日限尋の一日目が終わる。残るは二日。明後日までで猶予はない。幸吉を無事に取り戻すには、的を絞らなければならぬ」

久蔵は厳しく告げた。

「そいつが的外れになったら、幸吉には腹を切って詫びるだけだぜ」

「秋山さま……」

「弥平次、今はそれしかないんだ」

「分かりました」

弥平次は頭を下げた。

「長八、雲海坊、聞いての通りだ。寅吉や由松、それと勇次に秋山さまの睨みを教え、探索を続けるんだ」

「はい」

「承知しました」

長八と雲海坊は頷き、寅吉たちの夜食と身体を温める酒を仕度する為に台所に向かった。

「秋山さま……」

「弥平次親分、いざとなりゃあ、俺は手立てを選ばねえぜ」

久蔵は不敵に笑った。


子《ね》の刻九つ（午前零時）が過ぎ、日限尋の二日目が始まった。

下谷山崎町《やまざきちょう》の寺の賭場からは、男たちの熱気が溢れていた。

その夜、菊池八郎と島川久之進は、湯島天神門前町の居酒屋から下谷の寺の賭場に行き、博奕遊びに興じた。

長八、寅吉、勇次は、交代しながら見張り続けた。

菊池と島川は、博奕の才覚に取り立てて優れているわけでもなく、その夜は負け続けていた。だが、二人は懲りもせずに博奕を続けた。

長八と寅吉は、博奕に夢中の菊池と島川を勇次に見張らせて寺の境内に出た。

「下手の横好きって奴だぜ。あれじゃあ、幾ら金があっても足りゃあしねえ」

寅吉は嘲笑《あざわら》った。

「ああ。寅さん、妙だと思わねえか……」

長八は眉をひそめた。

「何が……」

寅吉は戸惑った。

「あれだけ負けが込んでいるってのに、博奕を続ける金がよくあるな」

「長さん、大黒屋の松太郎、殺された時、財布を持っていなかったはずだな」

「ああ。そう聞いている」

長八は頷いた。

菊池と島川は、大黒屋松太郎を殺して金の入った財布を盗《と》ったのかもしれない。

長八と寅吉は、菊池と島川が松太郎を殺す動機の一つに気が付いた。

浜町河岸高砂町の質屋『大黒屋』は、大戸を閉めて夜の闇に沈んでいた。

雲海坊と由松は、浜町堀に架かる高砂橋の袂の船着場に潜み、『大黒屋』を見張った。

大黒屋松太郎が、盗賊・般若の清五郎の手下なら、殺された今、何らかの動きがあるはずだ。

だが、いるはずの松太郎の女房と手代に動きはなく、『大黒屋』は静まり返っていた。

「松太郎、押し込んで奪ったお宝を流れた質草と偽り、好事家に売っていたんですかね」

由松は、竹筒の酒を一口飲み、冷たい川風に晒されて冷えた身体を温めた。

「相手は好事家だ。流れた質草なんて小細工をしなくても買い取っているのかもな」

雲海坊はせせら笑った。

「来ますかね。般若の清五郎か一味の奴……」

「ああ。清五郎にとって大黒屋は江戸での大事な足掛かりだ。松太郎が殺されたと知れば、必ず代わりの者を送り込んで来るはずだ」

雲海坊は、己に云い聞かせるように云い、『大黒屋』を見つめた。

浜町堀は音もなく流れていた。

「由松……」

雲海坊は『大黒屋』を見つめたまま由松を呼んだ。

由松は、雲海坊の視線の先を追った。

『大黒屋』の裏手に続く路地から若い男が現れた。

「手代の勘助《かんすけ》ですぜ」

由松が告げた。

手代の勘助は、浜町河岸から人形町に足早に向かって行く。

「俺が追いますぜ」

「ああ、頼むぜ」

由松は、船着場を出て勘助を追った。

勘助は提灯を持たず、夜道を足早に進んだ。

その足取りは、夜道に慣れていた。

素人じゃあねえ……。

由松の勘が囁いた。

手代の勘助は、大黒屋松太郎同様に盗賊・般若の清五郎の手下なのだ。

由松は身を引き締め、暗がり伝いに勘助を尾行した。

勘助は、人形町の通りを横切って葭町《よしちょう》に入り、東堀留川に架かる親父橋《おやじばし》の手前の道を思案橋《しあんばし》に向かった。そして、小網町《こあみちょう》二丁目にある板塀に囲まれた仕舞屋《しもたや》の前に立ち止まった。

由松は、思案橋の袂から見守った。

勘助は辺りを見廻し、素早く板塀の木戸を潜って消えた。

由松は見届けた。だが、勘助が板塀の中から外を警戒しているのを用心し、思案橋の袂から動かなかった。

勘助の警戒ぶりからして、仕舞屋は般若の清五郎と何らかの関わりがあるのだ。

由松は睨んだ。

四半刻ほどが過ぎた。

由松は、勘助が板塀の中から外を窺っていないと判断し、小網町二丁目の自身番に走った。

相州小田原の俵物屋《たわらものや》の寮……。

日本橋川沿いの通りにある自身番の店番《たなばん》は、板塀に囲まれた仕舞屋をそう教えてくれた。

「じゃあ、いつもは誰がいるんですか」

　由松は尋ねた。

「留守番の源蔵《げんぞう》父っつぁんと女房のおたきさんがいるよ」

「他には……」

「いいや。二人だけだよ」

「源蔵さん、歳は幾つぐらいですか」

「そうだねえ、もうかれこれ六十歳は過ぎているはずだよ」

「おたきさんは……」

「やっぱり六十を過ぎているかな。だけど、年寄りの歳は良く分からないからな」

　店番は苦笑した。

「まあね。で、小田原の俵物屋の旦那、時々来るのかい」

　俵物屋とは、俵詰めにした品物を扱う店であり、煎海鼠《いりこ》や乾鮑《ほしあわび》などを取り引きする。

「ああ。月に一度ぐらいかな」

「店の屋号と旦那の名前、分かるかな……」

「ちょっと待ってくれ」

店番は町内名簿を捲った。

「俵物屋の屋号は相州屋《そうしゅうや》、旦那の名前は宗右衛門《そうえもん》さんだね」

小田原の俵物屋『相州屋』、主の名前は宗右衛門……。

由松は、主の宗右衛門こそが盗賊・般若の清五郎であり、板塀に囲まれた仕舞屋が江戸での隠れ家だと睨んだ。

手代の勘助が、仕舞屋に入って半刻が過ぎた。由松は、自身番の店番に礼を述べ、仕舞屋に駆け戻った。

仕舞屋から勘助が現れ、急ぎ足で質屋『大黒屋』に戻った。

由松は、船着場で見張っている雲海坊の傍に潜んだ。

「勘助、何処に行ったんだい」

雲海坊は眉をひそめた。

「小網町二丁目の仕舞屋です……」

由松は、勘助の行き先を教え、自分の睨みを話した。

「小田原の俵物屋相州屋の宗右衛門か……」

「ええ。仕舞屋には留守番の年寄り夫婦がいて、旦那は月に一度はやって来る。兄貴、その旦那の宗右衛門ってのが、般若の清五郎じゃありませんかねえ」

「かもしれないな……」

殺された質屋『大黒屋』松太郎が、盗賊・般若の清五郎の手下であり、蕎麦屋に一緒にいた二人の侍が火附盗賊改方同心の菊池八郎と島川久之進だとはっきりすれば、事態は大きく変わり、幸吉の無実も証明出来る。

「それにしても日限尋も今日明日、今は般若の清五郎より、松太郎を手に掛けた野郎ですか……」

「ああ。清五郎の野郎は、幸吉っつぁんを無事に取り戻してからだが、親分に報せておいた方がいいだろう」

雲海坊は厳しさを過ぎらせた。


夜明けが近づいた。

菊池八郎と島川久之進は、下谷山崎町の寺の賭場を出た。

長八、寅吉、勇次は尾行した。

下谷山崎町を出た菊池と島川は、上野寛永寺脇の山下に抜けて御徒町《おかちまち》と練塀小路に分かれた。

どうやら各々の組屋敷に帰るつもりなのだ。そして、長八、寅吉、勇次は、手分けして追った。そして、二人が各々の組屋敷に戻ったのを見届けた。


巳《み》の刻四つ（午前十時）。

由松は、浜町河岸亀井町の蕎麦屋の親父を伴い、一ツ橋御門外の火附盗賊改の酒井采女正の役宅前の旗本屋敷を訪れた。そして、旗本屋敷の中間頭に金を握らせ、中間部屋の窓辺に座って酒井家の役宅の見張りを始めた。

役宅には、火盗改の与力や同心たちが出入りしていた。

「父っつぁん、出入りする侍に松太郎と一緒に店に来た野郎どもがいるかどうか、確かめてくれ」

「ああ。任せろ」

蕎麦屋の親父は、笑みを浮かべて格子窓から役宅を見つめた。由松は、雲海坊と相談し、蕎麦屋の親父に一分金を渡して面通しを頼んだ。蕎麦屋の親父は、渡された一分金を握り締めて頷いた。

蕎麦屋の親父は、役宅に出入りする与力や同心たちを見つめていた。

半刻が過ぎた。

「由松っつぁん……」

蕎麦屋の親父が、声を潜めて由松を呼んだ。

「いたか……」

由松は、蕎麦屋の親父の隣に並んだ。

「あの侍、二人の内の一人だ」

蕎麦屋の親父は、役宅の門を入って行く武士を示した。

「間違いねえかい」

「ああ、間違いねえ……」

蕎麦屋の親父は、役宅に入って行く武士を見つめて頷いた。

由松は、役宅に入った武士の後から来た寅吉に気付いた。

寅吉は、菊池八郎が役宅に入ったのを見届けた。

「寅吉さん……」

擦れ違い様《ざま》に声を掛けた。寅吉は、何気ない様子で付いて来た。

由松は、寅吉を近くの堀端に誘った。

「野郎、名前は……」

「菊池八郎だ」

「野郎が菊池八郎ですか」

「うん。由松は何をしている」

寅吉は、怪訝な眼差しを由松に向けた。

「面通しです」

由松は、松太郎と蕎麦屋に行った二人の侍が、菊池と島川久之進だと証明する為、蕎麦屋の親父に面通しを頼んだ事を告げた。

「で」

寅吉は静かに言葉を継いだ。

「菊池八郎、二人の侍の一人だと……」

由松は告げた。

「そうか。じゃあ残る一人は、島川久之進に違いねえだろう」

寅吉は、嬉しげな笑みを浮かべた。

「その島川は……」

「長さんと勇次が張り付いている。もうじき、来るはずだ」

由松は旗本屋敷に戻った。

蕎麦屋の親父は中間部屋の窓辺に座り、酒井家役宅に出入りする武士を見張り続けていた。

僅かな時が過ぎた。

「あいつだ」

蕎麦屋の親父が呟《つぶや》いた。

由松は、蕎麦屋の親父の視線を追った。

島川久之進らしき武士がやって来た。

「もう一人の侍か……」

「ああ……」

蕎麦屋の親父は深く頷いた。

島川が役宅の長屋門を潜った時、門前を寅吉が通り過ぎた。それが、島川久之進だと報せる合図だった。

蕎麦屋の親父は、質屋『大黒屋』松太郎が殺された日、火盗改同心の菊池と島川が一緒にいた事を証言した。

「いろいろ造作を掛けたね。助かったぜ」

由松は礼を述べた。

「なあにどうって事はねえ。こっちこそ楽して儲けさせて貰ったぜ」

蕎麦屋の親父は笑顔で帰って行った。

由松は見送り、堀端に赴いた。

堀端には、寅吉、長八、勇次がいた。

「どうだった」

寅吉は、長八と勇次に面通しの事を告げていた。

「島川久之進が、松太郎や菊池と店に来たもう一人の侍でしたよ」

「やっぱりな」

寅吉は笑った。

「じゃあ由松。この事を親分に報せてくれ」

長八は命じた。

「合点です。勇次、頼んだぜ」

「はい」

由松は、寅吉と長八に会釈をして柳橋の船宿『笹舟』に急いだ。

「じゃあ……」

拷問部屋には血の臭いが漂っていた。

幸吉は、菊池と島川に引き据えられた。

「どうだ幸吉、白状する気になったかな」

島川は嘲りを浮かべた。

「あっしは、松太郎を殺しちゃあおりません」

幸吉は胸を張った。

「馬鹿野郎……」

菊池は、幸吉を蹴り飛ばした。幸吉は床に這いつくばった。床は冷たく、前日の拷問で受けた背中の傷から再び血が流れるのが分かった。

菊池は、幸吉を引きずり起こし、縄に繋いだ。そして、笞を振りかざし、幸吉の背を激しく打ち据えた。血が飛び散り、幸吉は顔を歪めて苦しく呻いた。

「云え、自分が殺したと白状しろ」

菊池は怒鳴り、幸吉を笞で打ち続けた。

云ってたまるか、死んでたまるか……。

幸吉は、必死に耐えた。

四

非番の南町奉行所は表門を閉じ、与力や同心たちは前月扱った訴えの処理などに勤《いそ》しんでいた。

報せを聞いた弥平次は、由松を伴って久蔵の許に駆け付けた。

久蔵は、やって来た弥平次と由松を用部屋の庭先に通した。

「何か分かったか……」

「はい。質屋大黒屋松太郎ですが、殺される直前まで、浜町河岸亀井町の蕎麦屋に火盗改方同心の菊池八郎さまや島川久之進さまと一緒にいたのが分かりました」

「菊池と島川に間違いないな」

久蔵の眼が鋭く輝いた。

「はい。蕎麦屋の親父に面通しをして貰いました。間違いありません」

由松は頷いた。

「うむ。良くやってくれた。後は大黒屋松太郎が、般若の清五郎の一味だとはっきりさせるだけだな」

「それなのですが秋山さま。大黒屋に勘助って手代がおりまして……」

由松は、勘助が小網町にある小田原の俵物屋『相州屋』の持ち物の仕舞屋に出入りしている事を告げた。

「相州屋……」

久蔵は眉をひそめた。

「はい。旦那は宗右衛門といい、月に一度ほど来るそうでして、どうもそいつが般若の清五郎じゃあないかと……」

「うむ。もしそうだとしたら、大黒屋の手代の勘助も清五郎の一味って事だな」

久蔵の眼に笑みが過ぎった。

「はい。それに、仕舞屋の留守番をしている年寄り夫婦も一味かもしれません」

「よし。和馬を行かせる。由松、雲海坊に手代の勘助から眼を離すなと伝えてくれ」

久蔵は命じた。

「承知しました。じゃあ親分、浜町河岸に戻ります。御免なすって……」

由松は、久蔵と弥平次に一礼して南町奉行所の庭先から立ち去った。

「それで弥平次、般若の清五郎って盗賊、いつも関八州を動き廻っていると聞くが、歳は幾つぐらいなんだ」

「手前が調べた限りでは、もう六十歳を過ぎた年寄りだと聞いております」

「六十歳過ぎの年寄りか……」

久蔵は眉をひそめた。

「そいつが何か……」

「うむ。六十歳過ぎの年寄りが、関八州を動き廻るのも厳しい話だと思ってな……」

久蔵は苦笑した。

火盗改方同心の菊池八郎と島川久之進は、一ツ橋御門外の役宅から出て来る事はなかった。

長八、寅吉、勇次は、由松が借りた旗本屋敷の中間部屋を引き続き借り、見張りを続けていた。

「幸吉の兄貴、大丈夫ですかね」

勇次は、心配げに眉をひそめた。

「馬鹿な事を云うんじゃあねえ、勇次。幸吉は大丈夫に決まっている」

寅吉は苛立ちを滲ませた。

「はい……」

勇次は項垂れた。

「寅さん……」

長八は、寅吉の苛立ちの裏に勇次と同じ心配が潜んでいるのに気付いていた。

そして、それは長八自身の想いでもあった。

寅吉、長八、勇次は、火盗改の役宅を心配げに睨み付けた。

浜町河岸高砂町の質屋『大黒屋』は、大戸を閉めたままだった。

由松は、松太郎と一緒に蕎麦屋にいた二人の侍が、火盗改方同心の菊池と島川だった事を雲海坊に報せた。

「やっぱりな……」

「それで秋山さま、後は殺された松太郎が般若の清五郎一味の盗賊だとはっきりさせるだけだから、手代の勘助から眼を離すなと……」

「勘助……」

雲海坊は眉をひそめた。

「ええ。秋山さまがそう……」

「そうか……」

雲海坊は小さく笑った。

浜町堀は静かに流れていた。


日限尋の二日目も時が過ぎ、夕暮れが近づいていた。

久蔵は、弥平次と手先たちが集めた様々な情報を整理した。

確かな証拠がないのは、質屋『大黒屋』の松太郎が般若の清五郎一味かどうかと、火附盗賊改方同心の菊池八郎と島川久之進との関わりだった。

この二つを解明しない限り、菊池と島川を松太郎殺しの下手人として捕らえられないし、幸吉の濡れ衣を晴らしてやる事は出来ないのだ。

夕陽は用部屋の障子を赤く染めた。

久蔵は苦笑した。

「秋山久蔵も焼が廻ったぜ……」

迷っている己に気付いて苦笑した。


浜町河岸に黄昏時が訪れていた。

質屋『大黒屋』の手代の勘助は、閉じている店の前を掃除したり、松太郎の女房と弔問客の相手などをして一日を過ごしていた。

雲海坊と由松は、高砂橋の船着場から見張りを続けた。

掘割に小石が投げ込まれ、水飛沫が小さくあがった。

雲海坊と由松は、小石が投げ込まれた処を探した。高砂橋の上に神崎和馬がいた。

「由松……」

雲海坊は由松を促した。

「はい」

由松は、何気ない様子で高砂橋の上にいる和馬の許に急いだ。

「和馬の旦那……」

「由松、小網町の仕舞屋に案内してくれ」

和馬は声を潜めた。

「小網町の仕舞屋ですか……」

「うん。秋山さまが詳しく探れと仰ってな」

「はい。じゃあ……」

由松は、船着場に潜んでいる雲海坊に身振り手振りで告げた。

雲海坊は大きく頷いた。

「さあ、行きましょう」

由松と和馬は、黄昏時の町を小網町に向かった。


高窓の外には蒼白い月が小さく見えた。

日限尋の二日目が終わり掛けていた。

幸吉は、冷たい床に横たわったまま素手で物相飯《もっそうめし》を食べ、実のない汁を啜った。

痛みは背中だけではなく、膝や脚の脛にまで及んでいた。

菊池と島川は、笞打ちを諦めて幸吉に石を抱かせた。

石抱きの拷問は、十露盤と称する三角に材木を五本並べた上に囚人を正座させ、膝の上に一枚六十五貫の石を何枚も抱かせるものである。因みに石抱きの拷問は、火附盗賊改役の横田権十郎《よこたごんじゅうろう》が考案したとされていた。

菊池と島川は、幸吉に四枚の石を抱かせた。

幸吉は、必死に激痛に耐えて松太郎殺しを認めなかった。

後一日……。

後一日で日限尋の三日間が終わる。

それまでに秋山さまと弥平次親分たちが何とかしてくれる……。

幸吉は、それだけを頼りに物相飯を食べて汁を啜った。

錠前が開けられる音がし、手燭を持った牢番が二人の男を案内して来た。

幸吉は思わず身構えた。

二人の男は、火盗改役与力の片平左兵衛と養生所外科医の大木俊道だった。

「俊道先生……」

「やあ、幸吉さん。思ったより元気だな」

俊道は、牢の錠前を開けた片平と共に入って来た。

「秋山さまに頼まれてな」

俊道は小さく笑った。

「秋山さまが……」

「うん。与力の片平さまを訪ねて、幸吉さんの傷を診てやってくれとな」

幸吉は片平を窺った。

「秋山さんは、私に心形刀流を仕込んでくれた兄弟子でな。下手に断ると後が恐ろしい」

片平は苦笑した。

幸吉は目頭が熱くなった。

「さあ、幸吉さん、傷を見せてみろ」

俊道は、薬籠《やくろう》を開けて傷の治療の仕度を始めた。

「はい……」

幸吉は、俊道と片平に傷付いた背を向け、溢れる涙を素早く拭った。

湯島天神門前町の盛り場は酔客で賑わっていた。

菊池八郎と島川久之進は、居酒屋に入ったままだった。

寅吉、長八、勇次は、路地に潜んで二人の出て来るのを待った。

「寅吉さん、長八さん、ちょいと腹ごしらえをして来たらどうです」

勇次は、酔客の賑やかな笑い声と酒の匂いの溢れて来る居酒屋を示した。

「そうだな。寅さん、ついでに野郎どもがどうしているか覗《のぞ》いてくるか……」

「ああ。すまねえな勇次」

「いいえ……」

寅吉と長八は、勇次を残して居酒屋の暖簾を潜った。

居酒屋は賑やかだった。

寅吉と長八は、片隅に座って酒と肴を頼み、菊池と島川を探した。菊池と島川は、小座敷にあがり、四人の浪人と賑やかに酒を飲んでいた。

「何だい、あの浪人どもは……」

長八は眉をひそめた。

「うん……」

寅吉は、運ばれて来た酒を手酌で啜った。

四半刻が過ぎた頃、浪人たちは酒を飲み干して猪口を置いた。

「そろそろ行くか」

「うん。頼んだぞ」

菊池が笑った。

「任せておけ」

浪人たちは、菊池と島川から何事かを頼まれて何処かに行く……。

「勇次に追って貰おう」

長八は、居酒屋の亭主に厠《かわや》の場所を聞いて外に出た。そして、勇次の許に走り、浪人たちを追うように告げた。

「合点だ」

勇次は、居酒屋から出て来た四人の浪人を追った。

日本橋川には櫓の軋みが響いていた。

板塀に囲まれた仕舞屋は、薄暗さに包まれていた。

和馬と由松は、静かな仕舞屋を窺った。

仕舞屋の台所の窓には、微かな明かりが映えていた。

「留守番の年寄り夫婦か……」

「はい。源蔵とおたきです」

「源蔵、いるのかな」

和馬は首を捻った。

「いると思いますが、そいつが何か……」

　由松は眉をひそめた。

「手代の勘助は大黒屋にいるとなると、松太郎が殺された事、誰が頭の般若の清五郎に報せたのかと思ってな」

「他にもいるんですかね、清五郎の手下……」

「さあな……」

　和馬と由松は、静かな仕舞屋を見つめた。


　八丁堀岡崎町の秋山屋敷の屋根は、月明かりに濡れたように輝いていた。

　久蔵は、与平に見送られて屋敷を出て来た。

　周囲の夜風が微かに揺れた。

　久蔵は、岡崎町から楓川《もみじがわ》に向かった。

　楓川に架かる海賊橋を渡り、日本橋川の江戸橋に進む。そして、江戸橋から西堀留川に架かる荒布橋《あらめばし》を渡り、照降町《てりふりちょう》から葭町、人形町を横切って浜町河岸の高砂町に出る。そこに質屋『大黒屋』はある。

　久蔵は、海賊橋を渡って江戸橋に差し掛かった。

周囲に殺気が過ぎり、人影が揺れた。

刹那、四人の浪人が前後左右から久蔵に襲い掛かった。久蔵は、背後の浪人を抜き打ちに斬り棄て、振り返り様に正面から斬り付けて来た浪人に突っ込んだ。正面から斬り付けて来た浪人は、意表を突かれて思わず体勢を崩した。久蔵は、浪人の刀を握る手を鮮やかに斬り飛ばした。浪人は甲高い悲鳴をあげ、腕から血を振り撒いて転げ廻った。

残った二人の浪人は怯み、身を翻して逃げ去った。

「秋山さま……」

勇次が飛び出して来た。

「おお、勇次か」

「野郎どもを追います」

「それには及ばねえ」

久蔵は勇次を止めた。

「はい……」

勇次は戸惑った。

久蔵は、刀を握る手を斬り飛ばされ、多量の出血に蒼ざめている浪人の傍にしやがみ込んだ。

「誰に頼まれた」

「し、しま……」

手首を斬り飛ばされた浪人は、苦しげに云いながら気を失った。

「島川たちに頼まれたのかな」

久蔵は、浪人の言葉の先を読んだ。

「はい、きっと。湯島天神門前町の飲み屋で島川や菊池と逢い、それから秋山さまのお屋敷に……」

勇次は頷いた。

菊池と島川は、幸吉を大黒屋松太郎殺しの下手人に仕立てる為、邪魔な久蔵を始末しようとしたのだ。そして、それは幸吉が必死に拷問に耐えている証《あかし》でもあった。

姑息《こそく》な真似をしやがる……。

久蔵は嘲笑った。

自身番と木戸番たちが、提灯を掲げて恐ろしげにやって来た。

「南町奉行所与力の秋山久蔵だ。すまねえが、医者を呼んで来てくれ」

久蔵は頼んだ。

浜町堀に櫓の軋みが響き、暗がりから屋根船がやって来た。

屋根船は、雲海坊の潜んでいる高砂橋の船着場に船縁を寄せた。

雲海坊は戸惑った。

「雲海坊の兄貴……」

屋根船の船頭は勇次だった。

「おう。勇次じゃあねえか……」

「雲海坊、ま、中に入ってくれ」

久蔵が、屋根船の障子を開けて顔を見せた。

質屋『大黒屋』の大戸が叩かれた。

手代の勘助は、手燭の明かりを頼りに奥から店に出て来た。

「どちらさまにございましょう」

「小網町の源蔵さんの使いの者です」

大戸の外から男の声がした。

「源蔵さんの使い……」

勘助は、戸惑いながら潜り戸を開けて外を覗いた。刹那、雲海坊が勘助の襟首を摑んで引きずり出した。

「なにしやがる」

勘助は驚いて叫んだ。だが、久蔵が遮るように勘助の鳩尾《みぞおち》に拳を叩き込んだ。

勘助は気を失って倒れた。雲海坊は、倒れる勘助を肩で受けて担ぎ上げて船着場に走った。久蔵が続いた。

久蔵と雲海坊は、気を失っている勘助を屋根船に乗せた。

「やってくれ勇次」

「合点です」

勇次は、屋根船を大川の三《み》ツ俣《また》に向けて進めた。

雲海坊は、勘助を縛りあげて目隠しをした。そして、久蔵が勘助に活を入れた。

勘助は気を取り戻した。だが、後手に縛られ、目隠しをされている勘助は、自分の置かれた情況と相手が分からず恐怖に震え上がった。

「勘助、殺された松太郎とお前は、盗賊の般若の清五郎の一味だな」

久蔵は問い質した。

「お前さんは……」

勘助は、恐怖に震えながら尋ねた。

「俺か、俺は南町奉行所の秋山久蔵だ」

「剃刀《かみそり》久蔵……」

勘助は呆然と呟いた。

潮騒《しおさい》が響き、屋根船は波に揺れた。

「気付いていると思うが、此処は江戸湊。海の上だ。どんなに喚いて助けを呼んだところで誰にも聞こえはしねえ。答えなきゃあこのまま海に放り込んでもいいんだぜ」

久蔵は嘲りを滲ませた。勘助は、喉を鳴らして激しく震えた。

「松太郎とお前は、清五郎の一味だな」

勘助は項垂れた。

「火盗改同心の菊池と島川とは、どういう関わりなんだ」

「そ、それは……」

勘助は喉を引き攣らせた。

「松太郎、菊池や島川と関わりあったんだろう」

大波が来て屋根船は大きく横に揺れた。

「目隠しをされ、縛られたまま海に放り込まれちゃあひとたまりもねえな」

久蔵は苦笑した。

雲海坊は、不気味な笑いを洩らした。

「松太郎は、流れた質草と称して清五郎が盗んだお宝を好事家に売り捌いていた。菊池と島川は、火盗改や町奉行所の動きを教える役目か、盗品を売っているのを金を貰って見逃していた。いずれにしろ、金で買われた飼い犬になっている。そうだろう」

久蔵は、松太郎と菊池や島川との関わりを推測してみせた。

何もかも見抜かれている……。

勘助は吐息を洩らした。

「どうだ勘助。海で魚の餌になるか、盗賊の一味として獄門台に汚ねえ面を晒すか、それとも何もかも話し、ほとぼりを冷まして誰も知らねえ処に消えてしまうか、好きなのを自分で選ぶんだな」

屋根船の揺れは次第に大きくなった。

「菊池と島川は、火盗改や町奉行所の動きを松太郎の旦那に売っていたんです」

勘助は、何もかも話して誰も知らない処に行くことを選んだ。

「じゃあ何故、菊池と島川は、松太郎を殺ったんだい」

「菊池と島川が松太郎旦那を脅して来たんです。金をもっとくれなきゃあ盗賊として捕えると。それで旦那は、そんな真似をしたら盗賊の飼い犬だと訴え出てやると……」

「悪党同士の脅し合いか……」

久蔵はせせら笑った。

「そして、菊池と島川は、先手を打って松太郎を刺し殺したんだな」

「きっと……」

勘助は頷いた。

幸吉は、馬鹿な悪党同士の揉め事に引きずり込まれ、拷問をされた挙句に人殺しにされ掛けているのだ。

冗談じゃあねえ……。

久蔵は、菊池と島川の薄汚さに怒りを覚えずにはいられなかった。

「よし。それから勘助、小網町の仕舞屋は般若の清五郎の隠れ家だな」

「ええ。清五郎のお頭は、留守番の源蔵父っつぁんを通し、あっしたちに指図をして来るんです」

「留守番の源蔵を通してだと……」

「はい。ですから、菊池や島川に聞いた事も源蔵の父っつぁんに……。そいつが、昔からのやり方だと松太郎の旦那から聞いています」

「ひょっとしたら、松太郎やお前、般若の清五郎に逢った事はねえのか」

久蔵は眉をひそめた。

「松太郎の旦那は知りませんが、あっしはまだ一度も逢った事はありません」

勘助の言葉に嘘は感じられなかった。

「逢った事はない……」

久蔵は、微かな戸惑いを覚えた。

「秋山さま、何だか妙ですね……」

雲海坊は、眉をひそめて首を捻った。

「やっぱりそう思うかい」

久蔵は小さく笑った。

「ええ……」

雲海坊は頷いた。

「よし、船を日本橋川に向けてくれ」

久蔵は勇次に命じた。

「合点です」

勇次は、屋根船の舳先を岸辺に向けた。

岸辺には様々な明かりが揺れていた。


東堀留川が日本橋川に合流する処に思案橋が架かっている。

勇次の操る屋根船は、思案橋の下の船着場に船縁を寄せた。

「勇次じゃあねえか……」

仕舞屋を見張っていた由松が、目敏《めざと》く勇次に気が付いて駆け寄って来た。

「由松の兄い……」

久蔵と雲海坊が、屋根船から船着場に降り立った。久蔵は、思案橋の船着場に来る前に対岸の南茅場町《みなみかやばちょう》の大番屋に寄り、勘助を仮牢に入れた。

「こりゃあ秋山さま。雲海坊の兄貴……」

由松は戸惑った。

「仕舞屋に変わった事はねえか」

「はい。和馬の旦那が見張っています」

「よし……」

久蔵は、雲海坊、由松、勇次を連れて和馬の許に走った。


板塀に囲まれた仕舞屋は、夜の静寂に包まれていた。

久蔵は、和馬と雲海坊を裏手に廻し、由松と勇次を従えて木戸に向かった。

由松は、板塀を身軽に乗り越えて内側から木戸を開けた。

甲高い軋みが尾を引いて夜空に響き、家の明かりが消えた。

「踏み込む」

久蔵は、仕舞屋の板塀の内に駆け込んだ。由松と勇次が続いた。そして、由松と勇次が格子戸を蹴破り、仕舞屋に踏み込んだ。

裏手から女の怒声があがった。

留守番の源蔵の女房のおたきが裏手に逃げ、和馬と雲海坊に出逢ったのだ。

由松と勇次は、家の中を駆け抜けて裏手に走った。

久蔵は物陰に潜んだ。

暗がりから源蔵らしき老爺が現れ、蹴破られた戸口に向かった。

「留守番の源蔵だな」

久蔵が立ち塞《ふさ》がった。

源蔵は、年老いた顔に凶悪さを浮かべて匕首を抜き、久蔵に鋭く突き掛かってきた。久蔵は素早く躱し、源蔵の匕首を握る手を取り、鋭い投げを打った。源蔵は、激しく床に叩きつけられて苦しげに呻いた。

和馬と雲海坊たちが、おたきを引き立ててきた。

「雲海坊……」

「はい」

雲海坊は、苦しく呻いている源蔵の着物を剝いだ。源蔵の背中に般若の彫物があった。

和馬、由松、勇次は、驚いて眼を丸くした。

留守番の源蔵こそが、盗賊・般若の清五郎だった。

「睨み通りでしたね」

雲海坊は苦笑した。

「ああ。何が留守番の年寄り源蔵だ。般若の清五郎が……」

久蔵はせせら笑った。

由松と勇次は、源蔵こと般若の清五郎に捕り縄を打った。

「手前は……」

清五郎は老顔を歪め、憎悪をむき出しにして久蔵を睨み付けた。

「俺は南町奉行所与力の秋山久蔵だぜ」

「秋山久蔵……」

清五郎は、呆然とした面持ちで久蔵を見つめた。

「和馬、引き立てろ」

久蔵は厳しく命じた。


日限尋の三日目が訪れた。

巳の刻四つ（午前十時）。

火盗改同心の菊池八郎と島川久之進は、一ツ橋御門外の役宅に出仕した。

尾行して来た長八と寅吉は見届けた。

「ご苦労だな……」

久蔵が、和馬と弥平次を連れてやって来た。

「こりゃあ秋山さま……」

「菊池八郎と島川久之進、出仕したようだな」

「はい……」

寅吉と長八は頷いた。

「よし。弥平次、行ってくるぜ」

「はい。よろしくお願いします」

弥平次は、久蔵に深々と頭を下げた。

「和馬……」

「はい」

久蔵は、和馬を従えて火附盗賊改役の役宅に向かった。

弥平次は、長八や寅吉と見送った。

庭先は日差しに溢れていた。

久蔵は、火盗改与力の片平左兵衛と向かい合った。

和馬は、久蔵の背後に控えた。

「秋山さん、日限尋は今日の暮六つまで。まだ時はありますが……」

「それには及ばねぇ」

久蔵は苦笑した。

「そうですか。で、質屋大黒屋松太郎を手に掛けた下手人、幸吉の他に浮かびましたか」

「ああ。その前に幸吉を捕らえた同心の菊池八郎と島川久之進を呼んでくれ」

「菊池と島川を……」

片平は眉をひそめた。

「ああ……」

久蔵は、片平を見据えて頷いた。

「分かりました……」

片平は、厳しさを滲ませて頷いた。

菊池八郎と島川久之進は、落ち着かない様子で次の間に控えた。

「秋山さん……」

片平は久蔵を促した。

「ああ。菊池、島川。盗賊の般若の清五郎、昨夜お縄にしたぜ」

久蔵は、いきなり斬り込んだ。

菊池と島川は激しく狼狽した。

「まことですか、秋山さん……」

片平は驚いた。

「ああ。和馬、清五郎の口書の写し、左兵衛に渡してやりな」

「はい」

和馬は、般若の清五郎の口書の写しを片平に差し出した。

「読めば分かるが、質屋大黒屋松太郎は、般若の清五郎の手下で、質屋を隠れ蓑にして盗んだお宝を好事家に密かに売り捌いていた。そいつを見逃し、火盗改の動きを洩らして金を貰っていた奴らがいてな……」

片平は、菊池と島川を鋭く見据えた。

菊池と島川は微かに震えた。

「だが、その金の事で松太郎と揉め、火盗改に密告されるのを恐れ、浜町堀は汐見橋の船着場で松太郎を刺し殺した。そして、偶々通り掛かった幸吉を下手人に仕立て上げた。そうだな、菊池、島川……」

久蔵は、菊池と島川を厳しく見据えた。

「おのれ……」

菊池は狂ったように叫び、久蔵に斬り付けた。久蔵は刀を取り、鞘《さや》の鐺《こじり》で菊池の喉元を鋭く突いた。菊池は弾き飛ばされ、喉を笛のように鳴らし、襖を破って倒れた。

島川は庭に逃げようとした。

「愚か者が……」

片平は素早く迫り、その背に袈裟懸けの一太刀《ひとたち》を鋭く放った。島川は、背中から血を撒き散らして庭先に転げ落ちた。

同心たちが駆け付けて来た。

「菊池と島川の両名、盗賊般若の清五郎と通じていた。ひっ捕らえろ」

同心たちは、驚きながら倒れている菊池と島川を引き立てた。

「秋山さん、まことに、まことに申し訳ありませんでした」

片平は、久蔵に深々と頭を下げて詫びた。

「それより左兵衛、幸吉を早く出して貰おう」

久蔵は微笑んだ。

久蔵は、幸吉を背負った和馬と火附盗賊改の役宅の表門を出た。

「幸吉……」

門前には、弥平次、長八、寅吉、そして雲海坊、由松、勇次が、蒲団《ふとん》を敷いた大八車を停めて待っていた。

「親分、みんな……」

幸吉は、窶《やつ》れ果てた顔で笑った。笑いながら涙を零した。涙は弥平次たちの顔を滲ませた。

「良かった。無事で良かった……」

弥平次は、腹の底から絞り出した。

寅吉と長八は喜びに涙ぐんだ。

雲海坊、由松、勇次は、大八車を引いて和馬に駆け寄り、幸吉を蒲団に寝かせた。

「和馬、早く笹舟に連れ帰り、俊道先生に診て貰うんだ」

久蔵は命じた。

「心得ました。行くぞ」

和馬は、幸吉を乗せた大八車を由松と勇次に引かせ、雲海坊と共に柳橋に急いだ。

柳橋の船宿『笹舟』には、養生所外科医の大木俊道が待っている手筈だ。

「秋山さま、本当にありがとうございました」

弥平次は、久蔵に深々と頭を下げた。長八と寅吉が続いた。

「いや。何事も幸吉が頑張ったからだぜ」

久蔵は笑った。

「はい……」

弥平次は嬉しげに頷いた。

「さあ、帰るぜ……」

久蔵は、弥平次、長八、寅吉と柳橋に向かった。

三日間の日限尋は終わった。

第三話

口封じ

一

霜月《しもつき》——十一月。

朝、吐く息も白くなる季節。

酉《とり》の市があり、三の酉まである年は火事が多いとされる。

八丁堀岡崎町の秋山屋敷の門前は、下男の与平によって綺麗に掃き清められていた。

炊きあがった御飯をお櫃《ひつ》に移していた香織は、その匂いに微かな吐き気を覚えて思わず口元を覆った。

「どうなさいました、奥さま……」

お福は、香織に怪訝な眼差しを向けた。

「いえ。大丈夫です」

吐き気はすぐに治まり、香織は炊きあがった御飯をお櫃に移し終えた。

「それでは、旦那さまをお呼びして参ります」

「はい……」

お福は、久蔵を呼びに行く香織を怪訝そうに見送った。

辰《たつ》の刻五つ半（午前九時）。

秋山久蔵は、香織とお福に見送られ、与平を供に組屋敷を出た。

八丁堀には、江戸湊で降ろした荷を運ぶ艀が行き交っていた。

久蔵と与平主従は、南町奉行所に向かって八丁堀沿いの通りに出た。

「与平、ご苦労だった。もういい。屋敷に戻りな」

久蔵は与平を労った。

「ありがとうございます。ですが、弾正橋《だんじょうばし》まではお供します」

弾正橋は、八丁堀が交差する楓川に架かっている橋だった。

「そうか……」

久蔵は苦笑した。

「はい。本当なら南の御番所までお供をしなければならないのに、申し訳ございません」

与平は詫びた。

「いや。与平がいないと男手がなくなり、香織やお福が困る。早々に戻ってやってくれ」

「へい……」

与平は嬉しげに笑った。

与平は、弾正橋の袂で久蔵に深々と頭を下げて組屋敷に戻って行った。

久蔵は見送った。

与平の痩せた身体は歳と共に一段と細くなり、その腰は僅かに曲がってきている。

与平も歳を取った……。

久蔵は、子供の頃から奉公してくれている与平を労《いたわ》りを込めて見送った。

与平お福夫婦をそろそろ隠居させてやらなければならない……。

久蔵は与平を見送り、八丁堀に繋がる京橋川に架かる白魚橋《しらうおばし》に向かった。

「何をしやがる」

男の怒声があがった。

久蔵は眉をひそめた。

白魚橋の上では、中年の女が匕首を握り締め、遊び人風の男に突き掛かっていた。

通行人たちは悲鳴をあげて逃げ惑い、中年の女と遊び人風の男を遠巻きにした。

久蔵は、その中にしゃぼん玉売りの由松がいるのに気が付いた。

中年の女は髪を振り乱し、逃げ廻る遊び人風の男を追っていた。そして、二人はもつれ合い、遊び人風の男の頬から血が飛び散った。

遠巻きにして見ていた女たちから悲鳴があがった。

遊び人風の男は、薄く切られた頬を押さえた。掌が赤い血に濡れた。

「この女《あま》……」

遊び人風の男は、満面に憎悪を浮かべて血に汚れた手で匕首を抜いた。中年の女は、たじろぎながらも匕首を構え直した。

「刺し違えてやる……」

中年の女は吐き棄てた。

「面白え。遠慮はしねえぜ」

遊び人風の男は、酷薄な笑みを浮かべて中年の女に迫った。

後退りした中年の女は、白魚橋の欄干《らんかん》に追い詰められた。

遊び人風の男は、頬を伝う血を嘗めて嬉しげに匕首を握り直した。どうやら、それが遊び人風の男の本性なのだ。

「そこまでだ」

久蔵が割って入った。

「なんだい、お侍……」

遊び人風の男は、久蔵に狡猾そうな眼を向けた。

「俺は南町奉行所の秋山久蔵だ」

「秋山久蔵……」

遊び人風の男は、久蔵の評判を聞いているらしく怯えを過ぎらせ、素早く匕首を仕舞った。

「事情、聞かせて貰おうか」

久蔵は苦笑した。

「秋山さま、定吉《さだきち》は私の亭主を騙して殺した悪い奴です。こいつは人殺しなんです」

中年の女は、定吉と呼んだ遊び人風の男に匕首で突き掛かろうとした。久蔵は、中年の女を押さえて匕首を取り上げた。

「冗談じゃありませんぜ、秋山さま。俺は殺したりしちゃあいねえ。その証拠にこの通り、お縄にならずにいるんです。こいつが、おまちの方がおかしいんですよ」

　定吉は、おまちと呼んだ中年の女を睨み付けて云い募った。

「静かにしな定吉。後は俺に任せて貰う。帰っていいぜ」

「へ、へい。じゃあ御免なすって……」

　定吉は、血に汚れた頬を手拭で押さえながら白魚橋から立ち去っていった。

　久蔵は、遠巻きにしている人たちの中にいる由松に目配せをした。由松は頷き、定吉を追って行った。

「おまちって云うのか……」

「はい……」

　おまちは乱れた髪を揺らし、悔しげな面持ちで頷いた。

「南町で詳しい話を聞かせて貰おう」

　久蔵は微笑んだ。

　南町奉行所の同心詰所は同心たちも出払い、囲炉裏に掛けられた鉄瓶《てつびん》が湯気を噴き上げているだけだった。

「ま、座りな」

久蔵は、おまちを板の間の囲炉裏端に座らせ、一段高い畳の間に腰掛けた。

おまちは、緊張した面持ちで囲炉裏端に座った。真っ赤に熾きている炭火の温かさがおまちを包んだ。

「さあ、おまち、詳しい事を聞かせて貰おうか……」

久蔵は促した。

「はい……」

おまちは、久蔵に訴える眼を向けた。

「私の亭主の文七《ぶんしち》は居職《いじよく》の錺職《かざりしよく》でした。それが先月の二十日、定吉に注文されて作った銀簪《ぎんかんざし》を納めに行ったまま帰らず、その翌日、鎌倉河岸に死体で浮かんだのです」

おまちは、言葉を震わせて涙を零した。

「文七、どうして死んでいたのだ」

久蔵は尋ねた。

「北の御番所のお役人さまは、酒に酔って鎌倉河岸から落ちて溺《おぼ》れ死んだと

「……」

おまちは啜り泣いた。

「溺れ死んだ……」

「ですが秋山さま、文七は頭を殴られていたのです」

「なに……」

「月代《さかやき》に殴られた傷痕《きずあと》があったのです」

おまちは、涙に濡れた眼で久蔵に訴えた。

「おまち、そいつは間違いないんだな」

「はい……」

おまちは、涙を拭って頷いた。

おまちの亭主の文七は、殴り殺されたのか、殴られて気を失ったところを水中に投げ込まれて溺れ死んだのか……。

頭に殴られた傷痕がある限り、殺された可能性は充分にある。

「それで、おまちは何故、定吉がやったと思っているんだ」

「文七は定吉に注文された銀簪を作り、定吉に納めに行って死んだのです。きっと、定吉とお代で揉めて、それで殺されたんです」

「どうして、お代で揉めたと思うんだ」

「それは……」

おまちは、困惑したように俯《うつむ》いた。

「分からないのか……」

「いいえ。文七は地金代と手間賃で一両二分と見積もったのですが、定吉は一両上乗せするから三日で作ってくれと云ったそうです。ですから文吉は、寝ずに仕事に励み、注文された銀簪を三日間で作って納めに行ったのです」

「だが、上乗せの一両は嘘で、騙されたと揉めたわけか……」

「きっと、そうだと思います」

おまちは、涙で濡れた眼に憎悪を浮かべた。

「この事、北町の役人には云ったのか……」

先月の月番は北町奉行所であり、文七の死は北町の扱いになっていた。

「はい。ですが、北町のお役人は、酒に酔った挙句の溺れ死にだと……」

「文七、銀簪は……」

「持っていませんでした。懐にあった財布には、一両二分だけが入っていました」

「上乗せの一両はなかったか……」

「はい」

「で、定吉はどんな奴だ」

「浅草材木町の布袋屋《ほていや》って口入屋《くちいれや》に出入りしていて、渡り中間なんかをして暮らしを立てているそうです」

「そんな奴が誂《あつら》えの銀簪とはな……」

久蔵は眉をひそめた。

「はい……」

「おまち、定吉が注文した銀簪、どんな物か分かるかな」

「はい。丸に揚羽《あげは》の蝶の絵柄の平打ちの銀簪です」

「丸に揚羽の蝶……」

久蔵は思いを巡らせた。

「お願いにございます、秋山さま。どうか、どうかもう一度お調べ下さい。お願いにございます」

おまちは、板の間に額をこすり付けた。

「良く分かった。出来るだけの事はしてみる。で、おまち、住まいは何処だ……」

久蔵は、おまちを帰し、用部屋に戻って臨時廻り同心の蛭子《えびす》市兵衛《いちべえ》を呼んだ。

両国広小路は見世物小屋や露店が連なり、見物客や行き交う人で賑わっていた。

日本橋から両国広小路に抜けた定吉は、神田川に架かる浅草御門を渡った。

由松は尾行した。

定吉は蔵前通りを浅草に進んだ。

由松は、浅草御門を渡りながら柳橋の船宿『笹舟』を見た。だが、船宿『笹舟』の店先や船着場に人影は見えなかった。

由松は尾行を続けた。

定吉が、不意に立ち止って振り返った。

由松に隠れる暇はなく、そのまま歩いて通り過ぎるしかなかった。

尾行は失敗した……。

由松がそう思った時、定吉は再び浅草に向かって歩き始めた。

定吉は、由松の尾行に気付いたわけではなかった。だが、油断はならない。由松は、慎重に尾行を続けた。

饅頭笠を被った托鉢坊主が、背後から隣に並んだ。

「雲海坊の兄貴……」

由松は声を弾ませた。

「広小路を行くのが見えてな……」

普段、雲海坊は両国橋の袂に佇んで托鉢をしていた。そして、定吉を尾行する由松を見掛けて追って来たのだ。

「野郎か……」

雲海坊は、先を行く定吉を示した。

「ええ。名前は定吉。秋山さまのお指図です」

「秋山さまの……」

「はい……」

「よし。詳しい事は後で聞く。とりあえず交代だ」

「助かります。じゃあ……」

由松は、嬉しげな笑みを浮かべて辻を曲がった。雲海坊は、由松に代わって定吉を尾行しはじめた。

定吉は蔵前通りを進み、材木町にある口入屋『布袋屋』に入った。

雲海坊は見届け、斜向かいの路地に入った。

路地の奥から由松が駆け寄って来た。

「口入屋の布袋屋ですか……」

由松は、雲海坊の視線の先を追った。

「ああ。で、何者なんだい定吉……」

「はい……」

由松は、定吉がおまちに襲われ、久蔵が止めに入ったところから説明を始めた。

入谷鬼子母神《いりやきしもじん》の境内には、遊ぶ子供たちの楽しげな声が響いていた。

南町奉行所臨時廻り同心の蛭子市兵衛は、久蔵におまちと文七夫婦の評判と暮らしぶりを調べるように命じられた。

文七とおまち夫婦は、入谷鬼子母神裏の銀杏《いちよう》長屋に住んでいた。

市兵衛は密かに長屋を覗いた。

おまちはすでに帰っており、内職の仕立物に精を出していた。

市兵衛は、自身番を訪れて店番と番人に文七おまち夫婦の評判を尋ねた。

亭主の文七は、錺職としての腕は確かであり、小間物問屋からの注文も多かった。女房のおまちは、人当たりも良くて仕立物の内職をして暮らしを支えていた。

そして、文七とおまちは夫婦仲も良かった。だが、その仲の良い夫婦に子供はいなかった。

「ま、子供がいないだけ夫婦仲は良かったんじゃあないでしょうか。春は花見に夏は祭、文七さんとおまちさん、良く連れ立って見物にいっていましたよ」

「そうか……」

市兵衛は、差し出された茶を啜った。

「それなのに、文七さんが死んじまうなんて、酷《ひど》い話ですよ」

「北町は文七が酒に酔い、誤って鎌倉河岸から落ちて溺れ死んだとしたが、文七、酒が好きだったのかな」

「それなんですがね。酒は余り好きじゃあなく、酔うほど飲む事はなかったと聞いていますよ」

店番は首をひねった。

「そいつが、酒に酔って鎌倉河岸から落ちたか……」

市兵衛は吐息混じりに呟いた。

「蛭子の旦那。おまちさん、亭主の文七は殺された。だから、必ず仇を討って恨みを晴らすんだと……」

店番は心配そうに眉をひそめた。

「おまち、そんな事を云っているのかい」

「はい。おまちさんの身に何事もなきゃあいいんですが……」

店番の心配はすでに現実になっていた。

おまちは、定吉に匕首で襲い掛かり、逆に殺され掛けたのを久蔵に助けられている。

「う、うん。そうだな……」

市兵衛は冷えた茶を啜った。


浅草広小路は、金龍山浅草寺の参拝客や吾妻橋を渡って本所に行く人たちで賑わっていた。

口入屋『布袋屋』を出た定吉は、浅草広小路を横切って隅田川沿いの花川戸町に向かった。

雲海坊と由松は尾行した。

定吉は、花川戸町の裏通りにある長屋の木戸を潜り、奥の家に入った。

雲海坊と由松は見届けた。

「定吉の家ですかね」

「きっとな……」

「どうします」

「よし。定吉がどんな野郎かは俺が聞き込む。お前はこの事を秋山さまにお報せしろ」

「合点だ。じゃあ……」

由松は、雲海坊を残して数寄屋橋《すきやばし》御門内の南町奉行所に急いだ。


丸に揚羽の蝶の絵柄……。

久蔵は、おまちの言葉が気になっていた。

定吉は、文七に丸に揚羽の蝶の絵柄の銀簪を注文した。そして、定吉は出来上がった銀簪をどうしたのだ。

丸に揚羽の蝶の銀簪は、定吉ではなく他の誰かが必要としていたのかも知れない。定吉は必要としていた者に頼まれ、文七に丸に揚羽の蝶の銀簪を注文しただけなのだ。

わざわざ注文して作った丸に揚羽の蝶の銀簪には、何らかの意味があるのだ。

久蔵は、丸に揚羽の蝶の絵柄を思い浮かべた。

足音が廊下を来て、用部屋の障子の前に止まった。

「秋山さま……」

「なんだ」

当番同心の平松純之助《ひらまつじゅんのすけ》が障子を開けた。

「柳橋の弥平次の身内、由松がお目通りを願っています」

「通してくれ」

「心得ました」

平松は、久蔵に一礼して立ち上がろうとした。

丸に揚羽の蝶……。

久蔵は、丸に揚羽の蝶がいるのに気付いた。

「待て、平松……」

久蔵は命じた。

「は、はあ……」

平松は、戸惑いながら座り直した。

久蔵は、平松の羽織をまじまじと見つめた。

平松の羽織の紋所は、丸に揚羽の蝶だった。

「あの、なにか……」

平松は、久蔵に怪訝な眼差しを向けた。

「平松家の家紋、昔から丸に揚羽の蝶なのかい」

「えっ。はい。左様ですが……」

「どんな家柄なんだ」

「はあ。平松家は三河以来の旗本でして、私どもの家は分家の分家です」

「本家は……」

「三千五百石取りの旗本、平松将監《しょうげん》さまにございます。尤《もっと》も私は、他の分家の者どもと正月に挨拶に行く程度ですが……」

平松は苦笑した。

三十俵二人扶持の町奉行所同心などは分家の末流に過ぎない。

「他に丸に揚羽の蝶の家紋を使っている家はあるのか」

「はい。因幡国《いなばのくに》鳥取藩池田さまのご本家の家紋が、やはり丸に揚羽蝶にございますが……」

「因幡の国の池田さまか……」

鳥取藩池田家は三十二万五千石であり、将軍家から松平姓を賜《たまわ》っている大名だ。得体の知れぬ定吉が関われるような家ではない。

「池田さまには分家があるはずだが……」

「ありますが、家紋は丸に揚羽の蝶ではなく、瓜の中に蝶や松平因州蝶と称されるものだと聞き及んでいます」

「そうか……」

銀簪の丸に揚羽の蝶の絵柄は武家の家紋であり、旗本平松家と何らかの関わりがあるのかも知れない。

久蔵は睨んだ。

二

定吉は、浅草材木町の口入屋『布袋屋』に立ち寄り、花川戸町の長屋に戻った。

由松は庭先に控えて告げた。

「で、今は雲海坊が見張っているのだな」

「はい」

「ついていたな」

久蔵は笑った。

「それはもう。で、これから如何《いかが》致しましょう」

「それなんだが、定吉は布袋屋の周旋で渡り中間などをしているそうだ」

「渡り中間ですか……」

「ああ。それで、赤坂の氷川神社と南部坂《なんぶざか》の間に旗本の平松将監の屋敷があるのだが、定吉がそこに奉公した事はないか確かめて来てくれ」

久蔵は、平松純之助に聞いた平松将監の屋敷の場所を告げた。

「承知しました」

「うむ。由松、この事は俺から弥平次に報せておく」

「はい」

「それから、こいつを探索に使ってくれ」

久蔵は、四枚の一分金を懐紙に包んで由松に差し出した。一分金は四枚で一両だ。

「お預かり致します」

由松は押し戴いた。

浅草花川戸町には、隅田川からの冷たい風が吹き抜けていた。

定吉は、口入屋『布袋屋』の周旋で大名や旗本屋敷の渡り中間をし、陰でその家の秘密を探り出しては金を強請《ゆす》り取っていると噂されていた。

ろくでもねえ野郎だ……。

雲海坊は苦笑した。

白魚橋で女と揉めたのは、陰でしている強請りと関わりがあるのかもしれない。

定吉が家から出て来た。

雲海坊は尾行した。

定吉は、隅田川に架かる長さ七十八間の吾妻橋を進んだ。吾妻橋を渡ると南本所中《なか》ノ郷《ごう》だ。

定吉は、足早に吾妻橋を渡り、中ノ郷瓦町《かわらまち》を抜けて大横川に進んだ。

定吉は、大横川に架かる業平橋《なりひらばし》を渡って傍らにある古寺の山門を潜った。

境内に参拝客もいない古寺は、取り立てて変わった様子もなく静まり返っていた。

定吉は辺りを窺い、庫裏《くり》の腰高障子を叩いた。寺男らしき初老の男が、庫裏から顔を出して定吉を迎え入れた。

　雲海坊は見届けた。

　船宿『笹舟』は、冬を迎えて船遊びの客も減っていた。

　久蔵は『笹舟』を訪れ、弥平次に文七の一件を伝え、雲海坊と由松に働いて貰っている事を告げた。

「そいつはわざわざ畏れ入ります。それにしても秋山さま、文七さんの一件、気になりますね」

　弥平次は眉をひそめた。

「ああ。文七は、おまちの云うようにおそらく殺されたのだと思うぜ」

「上乗せの一両で揉めての事ですか」

「そうかもしれねえが、俺は丸に揚羽の蝶の銀簪が気になってな」

「平松将監さまですか……」

「ああ……」

「家紋入り銀簪となると、一族の奥方さまかお姫さまの持ち物。しかし、そのような方なら、定吉のような野郎を使って注文をするはずはありません……」

弥平次は睨んだ。

「その辺だな」

久蔵は小さく笑った。

定吉は、丸に揚羽の蝶の家紋の銀簪を何に使おうとしているのか……。

「ま、雲海坊と由松が何か摑んで来てくれるだろう」

「はい……」

弥平次は頷き、手を叩いた。

「失礼します……」

お糸が酒と肴を持って来た。

「いらっしゃいませ」

お糸は、久蔵に挨拶をした。

「おお。お糸、達者にしていたかい」

「はい、お蔭さまで。香織さまやお福さんたちもお健やかにございますか」

「ああ。相変わらずだ。偶《たま》には遊びに行ってやってくれ。香織もお福も大喜びだ」

「ありがとうございます」

お糸は、久蔵と弥平次の猪口に酒を満たして出て行った。

「いい娘になったな」

「はい。ここに来た時が嘘のようにございます」

弥平次は懐かしげに頷いた。

お糸の実父は浪人であり、ある事件に巻き込まれて殺された。そして、お糸は天涯孤独の身となり、雲海坊の口利きで『笹舟』の住み込みの奉公人になった。小さく痩せた少女だったお糸は、裏表なく働いて女将のおまきと弥平次に気に入られて養女になった。それから数年が過ぎていた。

「まったくだ……」

久蔵は、下男の与平を思い浮かべた。

歳を取って立派になる若者がいれば、衰えていく年寄りもいる。

久蔵は酒を飲んだ。


大横川は、本所・深川の地を東西に流れる竪川、小名木川、仙台堀を南北に横切り結んでいる掘割だ。

雲海坊は、大横川に架かる業平橋の袂に佇み、古寺『輪光寺』の庫裏を見張った。

定吉は、輪光寺の庫裏に入ったままだった。

輪光寺には、住職の応海《おうかい》と寺男の作造《さくぞう》がいた。そして、今は初老の浪人と十四、五歳の若侍の二人が泊まっていた。

雲海坊は見張り続けた。

赤坂氷川神社と南部坂の間にある旗本平松将監の屋敷は、三千五百石取りの旗本らしい長屋門を構えていた。

由松は、周囲の屋敷の中間や小者たちにそれとなく聞き込みを掛けた。そして、定吉が半年前まで平松屋敷の渡り中間として奉公していた事実を掴んだ。

久蔵の睨み通り、定吉と平松屋敷は関わりがあった。

由松は、平松家の内情を調べた。

平松家は、五十歳を過ぎた当主の将監と奥方、そして二人の娘の四人家族であり、上の娘に婿を迎えて家督を継がせる事になっていた。上の娘の婿は、将監の奥方の遠縁の若者だった。

平松家は後継ぎも決まり、静かな落ち着きを見せていた。

平松屋敷の潜り戸が開いた。
由松は物陰に潜んだ。
中年の武士が供侍を従えて現れ、南部坂を進んで行った。
由松は追った。

本所大横川業平橋傍の輪光寺の庫裏の腰高障子が開いた。
雲海坊は身を潜めた。
定吉が初老の浪人と一緒に出て来た。
初老の浪人は、総髪で恰幅《かっぷく》が良く羽織袴を着ていた。
定吉は、初老の浪人のお供のような恰好で中ノ郷瓦町に向かった。
雲海坊は尾行した。
定吉と初老の浪人は隅田川に出た。そして、吾妻橋を渡った。
行く手に見える浅草寺の伽藍《がらん》は西日に映えていた。
定吉と初老の浪人は、浅草広小路を西に抜けて下谷に向かった。
雲海坊は慎重に追った。

初冬の夕暮れ時、不忍池の水面は鉛色に沈み、畔を散策する人は少なかった。

定吉と初老の浪人は、不忍池の畔の料理屋『葉月《はづき》』の暖簾を潜った。

雲海坊は思わず笑った。

料理屋『葉月』の女将は、『笹舟』のおまきの幼馴染《おさななじ》みであり、弥平次とも親しく、雲海坊たちとも顔見知りだった。

定吉と初老の浪人は、料理屋『葉月』にあがった。

雲海坊は裏口に廻った。そして、顔見知りの板前の親方たちに挨拶をし、台所で女将の戻って来るのを待った。

やがて女将が帳場に戻った。台所女中は、女将に雲海坊が来ているのを告げた。

女将は台所に出て来た。

「あら、雲海坊さんかい」

女将は親しげに笑った。

「ご無沙汰をしております。お忙しいところを申し訳ありません」

雲海坊は挨拶をした。

「いいえ。おまきちゃん、達者かい」

「お蔭さまで。それで女将さん、実は……」

「今来たお客かい」

女将は、勘の良いところを見せて笑った。

「はい。図星です……」

雲海坊は釣られるように笑った。

「相州浪人の相良主膳《さがらしゅぜん》って方だよ」

女将は声を潜めた。

「相州浪人の相良主膳……」

「ええ。尤もお座敷を予約をしたのは、宮沢幸之助《みやざわこうのすけ》って方ですけどね」

「宮沢幸之助……」

「ええ。旗本の平松将監さまの御家来で御用人さまですよ」

「じゃあ、相良主膳は旗本平松家の用人の宮沢幸之助に招かれて来たってわけか
……」

「そういう事だけど、何かあるのかい」

女将は眉をひそめ、悪戯っぽく笑った。

「そいつが、まだ良く分からないんですがね。南町の秋山さま直々のお指図でし
てね」

雲海坊は秘密めかして囁いた。

「あら、秋山さまの……」

女将は身を乗り出した。


初冬の日暮れ時。

料理屋『葉月』は火入行燈に明かりを灯した。

旗本平松家用人の宮沢幸之助が供侍を従えてやって来た。

「これは宮沢さま、お待ちしておりました」

女将は、下足番の老爺の声に仲居を従えて迎えに出た。

「うむ。女将、世話になる」

「はい。宮沢さま、相良さまたちがお待ちかねにございますよ」

「もう来ているのか、相良……」

宮沢は眉をひそめた。

「はい。四半刻も前から……」

「そうか……」

「さあ、どうぞ。こちらにございます」

女将と仲居は、宮沢と供侍を相良主膳と定吉の待っている座敷に案内した。

由松は、料理屋『葉月』の塀の陰から見送った。


「お連れさまがお見えにございます」

女将は、宮沢と供侍を座敷に案内し、襖を開けた。

初老の浪人・相良主膳は床の間を背にして座り、定吉が末座に控えて平伏していた。

「やあ……」

相良は悠然と宮沢を迎えた。

「お待たせ致した」

宮沢は、憮然とした面持ちで下座に座った。

相良に先手を打たれ、上座を取られたのは迂闊《うかつ》だった。

仲居が膳を運んで来た。

「定吉……」

供侍の今村《いまむら》が定吉を促した。

「は、はい。宮沢さま、左京之介《さきようのすけ》さまの御守役相良主膳さまにございます」

「うむ……」

宮沢は鷹揚《おうよう》に頷いた。

「相良さま、平松家御用人の宮沢幸之助さまにございます」

定吉は平伏し、畏れ入りながら紹介した。

「左様か。相良主膳にござる。今宵は平松左京之介さまの名代として参上つかまつった」

相良は、笑みを浮かべて会釈をした。

「ささ、お一つ……」

女将は、仲を取り持つように相良と宮沢に酌をした。

「うむ……」

相良と宮沢は、目礼を交わして酒を飲んだ。

供侍と定吉は、仲居の酌で酒を飲んだ。

「女将、呼ぶまで下がっていてくれ」

宮沢は厳しい面持ちで告げた。

「承知しました。では……」

女将は、仲居を促して座敷から出て行った。

途端に座敷に緊張感が漂った。

押し入れの中には、蒲団の他に行燈や花器など大した物はなかった。

雲海坊は身を潜め、壁越しに隣の座敷の様子を窺っていた。

隣の部屋の緊張感は、雲海坊も感じ取って喉を鳴らした。

「して相良どの、左京之介どのが我が殿のお子だと申す証、あるのですかな」

宮沢の声が聞こえた。

雲海坊は、壁に耳を押し付けた。

「勿論です」

相良は、笑みを浮かべて酒を飲んだ。

「証、何ですかな……」

宮沢は、猪口を膳に置いた。

「十四年前、平松さまが御領地甲州駒尻を巡察に訪れた折、見初《みそ》められた庄屋の娘の由里《ゆり》さま、夜毎伽《とぎ》にお招きになられてお過ごしになられたひと月。平松さまがお別れの時、由里さまにお与えになられた品物であり、由里さまがお生まれになったお子、左京之介さまに形見として遺された物にございます」

相良は、宮沢の反応を確かめるように見据えて告げた。宮沢は、主・将監に聞いた話を思い出していた。

「それらの話、平松さまにお聞きになっていられるでしょうな……」

相良は、宮沢に探る眼差しを向けた。

「う、うむ。勿論です」

宮沢は憮然とした面持ちで頷いた。

「ならば、平松さまが由里さまにお与えになられた品物、何かご存知でござるな」

相良は、宮沢を鋭く見つめた。

主導権は相良が握り続け、宮沢の守勢は続いた。

「それは……」

宮沢は躊躇った。

相良は、薄笑いを浮かべて酒を飲んだ。

「銀簪にござる」

宮沢は悔しげに告げた。

「どのような絵柄の銀簪ですかな」

相良は畳み掛けた。

宮沢は覚悟を決めた。

「平松家の家紋である丸に揚羽の蝶の絵柄だと聞いている……」

宮沢は、手酌で酒を飲んで喉の引き攣りを鎮めた。

「左様。その通りです……」

相良は、懐から袱紗《ふくさ》包みを取り出して開いた。丸に揚羽の蝶の絵柄の銀簪があった。

宮沢は、眼を見開いて見つめた。

丸に揚羽の蝶の銀簪は輝きを放っていた。

「左京之介さまのお母上由里さまが、十四年前に甲州駒尻で平松将監さまから拝領した平松家家紋入りの銀簪にござる」

相良は胸を張って告げた。

宮沢は言葉を失い、丸に揚羽の蝶の絵柄の銀簪を見つめた。

「間違いござらぬであろう」

「う、うむ……」

宮沢は頷くしかなかった。

相良は、苦笑を浮かべて銀簪を袱紗に包んで押し戴き、懐に仕舞った。

「これで、左京之介さまが平松将監さまの御落胤《ごらくいん》に相違ないとお分かりですな」

相良は、勝ち誇ったように笑った。

宮沢は、項垂れるように頷いた。

万が一、平松将監が左京之介を御落胤だと認めて家督を継がせたなら、平松家用人には相良主膳が納まり、宮沢は一介の家臣でしかなくなるかも知れない。

宮沢はそれを恐れた。

「宮沢どの、この仕儀を平松さまに申し上げ、左京之介さまのお目通りの手筈。よろしくお願い致しましたぞ」

相良は、満足気に酒を飲んだ。


平松家の御落胤騒ぎ……。

雲海坊は、錺職の文七の死の裏に潜むものを知った。

四半刻が過ぎた。

相良と定吉が帰り、宮沢も供侍を連れて立ち去った。

「女将さん、話は後でお聞かせしますぜ」

雲海坊は、女将に礼を云って外に出た。

「兄貴……」

料理屋『葉月』の外に由松がいた。

三

「定吉たちはどっちに行った」

雲海坊は由松に尋ねた。

「下谷広小路の方に……」

下谷広小路から浅草に抜け、隅田川に架かっている吾妻橋を渡って本所に戻る……。

雲海坊は、相良と定吉が本所・輪光寺に戻ると睨んだ。

「で、宮沢たちは……」

「明神下の通りに行きました。おそらく赤坂の平松屋敷に戻るんでしょう」

「そうか。それにしても良く宮沢幸之助を追って来たな」

雲海坊は、由松に怪訝な眼差しを向けた。

「秋山さまのお指図です」

「秋山さまの……」

「はい」

「よし。詳しい事は道々教え合おう。秋山さまのお屋敷に行くぜ」

雲海坊は、由松に詳しい話をしながら八丁堀の秋山屋敷に急いだ。


定吉は笑った。

「上手《うま》くいきましたね」

「うむ。後は平松将監がどう出るかだ」

相良主膳は、宮沢との交渉が上首尾に終わったのを喜んだ。

「これで、うまくすれば旗本平松家三千五百石。少なくても五百両の内済金。どっちにしても大儲けですぜ」

相良と定吉は、声を揃えて狡猾そうに笑った。

笑い声は夜空に響いた。

宮沢の腹の内は煮え滾《たぎ》っていた。

相良主膳に主導権を取られ、終始後手に廻った己が腹立たしかった。

「おのれ……」

万一、左京之介が平松家の御落胤と認められ、平松家の家督を継いだとしたら、用人の座は相良主膳に移り、宮沢幸之助は一介の家来でしかなくなる。

そうさせてなるものか……。

宮沢は、怒りと苛立ちを覚えた。

「宮沢さま、このままでよろしいのですか」

供侍の今村が探る眼を向けた。

「今村、その方なら如何致す」

「今更の波風、平松家には無用です。となれば、我が殿の御落胤を騙る不届者として密かに成敗するまで……」

今村は冷たく笑った。

「密かに成敗するか……」

宮沢は眼を赤く血走らせた。

相良主膳と定吉、宮沢幸之助と今村は、それぞれの思惑を胸に秘めて夜の闇を進み続けた。

火鉢に埋《い》けられた炭は赤く熾き、酒は疲れた身体に染み渡った。

「ご苦労だったな」

久蔵は、雲海坊と由松の猪口に酒を満たしてやった。

「畏れ入ります」

雲海坊と由松は、美味そうに酒を啜った。

「天一坊《てんいちぼう》とは畏れ入ったな」

久蔵は呆れたように笑った。

「まったくでして……」

雲海坊は苦笑した。

「文七の作った丸に揚羽の蝶の絵柄の銀簪が、平松将監さまの御落胤の証ってわけか……」

「はい……」

久蔵は手酌で酒を飲んだ。

雲海坊は頷いた。

「きっと定吉の野郎が、平松家に渡り中間として潜り込んだ時、御落胤の話を聞き、詳しく調べたんでしょうね」

由松は苦笑した。

「ああ……」

「それにしても相良主膳、中々の遣手でしてね。葉月に先乗りして上座を取り、口も達者に廻りましてね。平松家用人の宮沢幸之助は押されっ放しでしたよ」

雲海坊は笑った。

「今度の天一坊、おそらく相良主膳の書いた筋書だ。そして、定吉は御落胤の証である丸に揚羽の蝶の紋所の銀簪を文七に密かに注文した。となると、文七は金で揉めたのではなく、口封じで殺されたのかも知れねえな」

もし、御落胤だと認められれば、証の銀簪を作った文七は邪魔者に過ぎない。

久蔵は、文七が殺された理由を読んだ。

雲海坊と由松は頷いた。

「それにしても平松家はどう出るか……」

久蔵は思いを巡らせた。

「はい。御落胤と称する左京之介に逢うか、それとも逢わないか……」

雲海坊は久蔵の様子を窺った。

「いずれにしろ、御落胤の証の銀簪は贋物《にせもの》だ。このまま何事もなく終わるはずはねえ」

久蔵は睨んだ。

「はい……」

雲海坊と由松は頷いた。

「よし。定吉と相良主膳を文七殺しの下手人として捕らえるのは容易だが、しばらく様子を見てみよう」

「承知しました」

久蔵は手を叩いた。

「お待たせ致しました」

香織とお福が、新しい酒と肴を持って来た。

「こりゃあ奥方さま、お福さん、ご造作をお掛けします」

雲海坊と由松は恐縮した。

「いいえ。雲海坊さん、由松さん、いつもご苦労さまです」

香織は親しげに微笑んだ。

「雲海坊さん、由松さん、この鮗《このしろ》の粟漬《あわづけ》は奥さまの手作りでしてね。それはもう美味《おい》しゅうございますよ」

お福は、ふくよかな身体を揺らした。

「お福……」

香織は、褒めちぎるお福を窘めた。

「いいえ。奥方さま、お福さんの仰る通り、本当に美味しゅうございます」

雲海坊は感心した。

「雲海坊、それぐらいで充分だ」

久蔵は苦笑した。

その時、香織は眉をひそめて着物の袖で口元を覆った。

「どうした」

久蔵は戸惑った。

「いえ。失礼致します」

香織は、口元を覆ったまま座敷を足早に出て行った。

「奥さま……」

お福が慌てて立ち上がろうとした。しかし、ふくよかな身体はすぐには動かなかった。由松は、素早くお福を助けて立たせた。

「ありがとう、由松さん。奥さま……」

お福は由松に礼を云い、足音を鳴らして香織の後を追って行った。

「すまねえな。ばたばたして……」

久蔵は苦笑しながら詫びた。

「いいえ。それより奥方さま、大丈夫ですか」

雲海坊は、心配げに眉をひそめた。

「なあに、腹でも痛いんだろう。それより赤坂の平松屋敷と本所の輪光寺だが……」

久蔵は探索の手立てを考えた。

雲海坊と由松は、久蔵の指示を弥平次に報せに船宿『笹舟』に戻っていった。

久蔵は、冷たくなった酒を飲んだ。

錺職の文七は定吉に殺された……。

文七の女房おまちは正しかったのだ。

久蔵は、おまちに感心せずにはいられなかった。

香織がやって来た。

「旦那さま……」

「おう……」

香織が障子を開けて入って来た。

「先程はご無礼致しました」

「いや。身体の具合、何処か悪いのか……」

久蔵は眉をひそめた。

「いいえ。旦那さま。実は私、身籠《みごも》ったようにございます」

香織は告げた。

「なに……」

「私、身籠りました」

「身籠った……」

久蔵は驚いた。

「はい」

香織は頰を染めて頷いた。

「香織、間違いないのか」

「きっと……」

「そうか、身籠ったか。良くやったぞ香織」

久蔵は顔を輝かせた。

「はい」

香織は、嬉しげに微笑んだ。

「そうか、子が出来たか。先ずはめでたい。お福と与平は知っているのか……」

「まだ、話してはおりません」

「よし。お福、与平……」

久蔵は、与平とお福を呼んだ。

与平とお福がやって来た。

「お呼びにございますか、旦那さま」

与平とお福は、顔を輝かせている久蔵に戸惑った。

「ああ。喜んでくれ、与平お福。香織がどうやら身籠ったようだ」

「身籠った……」

与平は仰天した。

「やっぱり。おめでとうございます、奥さま、旦那さま……」

お福は、嬉しげに頭を下げた。

「おめでとうございます」

与平が慌てて続いた。

「ありがとう。与平、お福……」

香織は頷いた。

「本当におめでたい事にございます」

お福は溢れる涙を拭った。

「与平、お福、とりあえず祝い酒だ。仕度をしてくれ」

久蔵は、喜びに声を弾ませた。

「はい……」

与平とお福は台所に立とうとした。しかし、お福は容易に立ち上がれない。

「よし。酒の仕度は与平と俺がする。香織、お福を連れて台所に来い」

久蔵は、与平と共に台所に急いだ。

「旦那さまったら……」

香織は苦笑した。

「良かった。奥さま、本当に良かった。御先代の旦那さまと奥方さまは元より、雪乃《ゆきの》さまもきっとお喜びにございます」

お福の嬉し泣きは続いた。

雪乃とは、久蔵の病で亡くなった先妻であり、香織の実姉だ。父親を失った香織は、亡くなった姉の縁で秋山家に引き取られ、義理の兄妹として長く暮らした後、久蔵と契りを結んで後添えになったのだ。

お福は、久蔵の母、雪乃、そして香織の三代に仕えて来た忠義者だ。

「姉上も……」

香織は、歳の離れた腹違いの姉の雪乃の優しい笑顔を思い浮かべた。

「はい。雪乃さまも大喜びにございます」

「ありがとう、お福……」

香織は、我が娘の事のように喜ぶお福に深く感謝し、熱く零れる涙を拭った。

何がおかしいのか、久蔵と与平の笑い声が台所から楽しげに響いてきた。


赤坂の平松屋敷には由松と勇次、本所の輪光寺には雲海坊と傷の癒えた幸吉が、それぞれ見張りに付いた。

弥平次は、南町奉行所の久蔵の許に急いだ。

「それで弥平次。この結末、どう読む」

久蔵は小さく笑った。

「はい。おそらく平松家用人の宮沢幸之助さん、黙って云いなりにはならないでしょう」

弥平次は睨んだ。

「って事は、宮沢が仕掛けるか……」

「きっと……」

「御落胤が本物かどうか、定吉を捕らえて締め上げるか。それとも御落胤と称する左京之介と相良主膳、定吉を一気に葬るか……」

久蔵の眼が鋭く輝いた。

「はい……」

「たとえ左京之介が平松将監の本当の御落胤であろうが、騒ぎが公儀の耳に入れば只では済まず、何らかのお咎めがあるのは必定《ひつじょう》。お家の安泰を護る用人としては、何もかも密かに闇に葬るのが一番か……」

久蔵と弥平次は、御落胤騒ぎの動きを読み続けた。

本所大横川業平橋傍の輪光寺の境内には、掃き集められた枯葉が燃やされ、住職の応海の読む経が響いていた。

幸吉と雲海坊は、業平橋の袂に潜んで輪光寺を見張っていた。

応海の読む経は続いていた。

「住職の応海、本物の坊主かな」

幸吉は眉をひそめた。

「経を聞く限り、俺より真っ当に修行をした坊主だな」

雲海坊は苦笑した。

「だったら本物か……」

輪光寺の庫裏の腰高障子が開いた。

「幸吉っつぁん……」

雲海坊は身を潜めた。

庫裏から前髪立ちの若い武士が現れた。

「御落胤の左京之介だな」

「うん」

雲海坊と幸吉は、左京之介を見守った。

左京之介は、背伸びをしながら欠伸をし、着物の裾を端折《はしょ》って焚火《たきび》の傍にしゃがんだ。そして、焚火の火で煙草《たばこ》を吸い始めた。その様子は、大身旗本の御落胤とは思えなかった。

「がきの癖に半端な真似をしやがって……」

雲海坊は吐き棄てた。

「証の銀簪が贋物なら、御落胤も偽者ってわけだ」

幸吉は苦笑した。

庫裏から定吉が出て来た。

「何をしてんだ。人に見られたらどうする」

定吉は辺りを見廻し、左京之介を庫裏に連れ込んだ。

左京之介と定吉、そして相良主膳は、輪光寺にいる……。

幸吉と雲海坊は見張り続けた。

平松屋敷の潜り戸が開いた。

用人の宮沢幸之助が、今村たち四人の家来を従えて現れて溜池《ためいけ》に向かった。

由松と勇次が物陰から現れ、宮沢と今村たちを追った。

「何処に行くんですかね」

「きっと本所だぜ」

由松は、宮沢たちが本所の輪光寺に行くと睨んだ。

宮沢と今村たちは、溜池沿いから外濠沿いに進んだ。そして、汐留川《しおどめがわ》に架かる新橋を渡り、日本橋の通りを京橋に向かった。

久蔵のいる数寄屋橋御門内の南町奉行所は近い。

「どうします」

「よし。秋山さまにお報せしてくれ」

「合点だ」

勇次は南町奉行所に走った。

京橋から日本橋を抜けて両国広小路に行き、両国橋を渡ると本所だ。

由松は、宮沢と今村たちを慎重に尾行した。

四

本所大横川には、荷船の櫓の響きが長閑に響き渡っていた。

業平橋の傍の輪光寺は、訪れる者もいなく静まり返っていた。

幸吉と雲海坊は、張り込みを続けた。

櫓の軋みも遠ざかり、半刻ほどが過ぎた。

輪光寺に変わりはなかった。

遠くから櫓の軋みが近づいて来た。

「幸吉っつぁん……」

雲海坊は、業平橋の向こうを示した。

幸吉は、雲海坊の視線の先を追った。

宮沢と今村たちがやって来た。

「平松家用人の宮沢だぜ」

雲海坊は眉をひそめた。

猪牙舟が櫓の軋みを響かせ、大横川をやって来る。

雲海坊と幸吉は、業平橋の袂に潜んだ。

宮沢と今村たちは、輪光寺の門前に立ち止って扁額を確かめた。そして、二人の家来が、宮沢の指示を受けて輪光寺の裏手に走った。

何かをやる……。

雲海坊と幸吉は緊張した。

宮沢と今村たちを尾行して来た由松が、雲海坊と幸吉の許に駆け寄って来た。

「ご苦労だったな、由松……」

「いえ。宮沢たち何かを仕出かす気ですぜ」

由松は眉をひそめた。

「うん……」

幸吉、雲海坊、由松は宮沢たちを見守った。

大横川を来た猪牙舟が櫓の軋みをあげ、業平橋の船着場に船縁を寄せた。久蔵と弥平次を乗せた勇次の操る猪牙舟だった。

「雲海坊、幸吉……」

久蔵と弥平次が、船着場からあがって来た。

「秋山さま、親分……」

雲海坊、幸吉、由松が迎えた。

「家来が二人、裏手に廻りました」

幸吉が報告した。

「相良主膳や定吉たちはいるんだな」

「はい。左京之介も……」

「どんな奴だ」

「半端ながきですぜ」

雲海坊は嘲笑を浮かべた。

「よし……」

久蔵は、輪光寺門前に走った。弥平次、幸吉、雲海坊、由松、勇次が続いた。

宮沢幸之助は、今村たち二人の家来を従えて輪光寺の庫裏を訪れた。

寺男の作造が迎え、座敷で酒を飲んでいた応海、相良主膳、定吉、左京之介に報せた。

「来たか……」

相良は狡猾に笑った。

「よし。定吉、本堂に通せ」

「合点だ」

定吉は、作造と一緒に庫裏に急いだ。

「いつまで酒を飲んでいるんだ、左京之介。さっさと身なりを整えろ」

相良は、酒を啜っている左京之介に厳しい面持ちで命じた。

輪光寺の本堂は薄暗く冷ややかだった。

宮沢幸之助と今村たち二人の家来は、定吉に本堂に案内された。

「左京之介さまと相良さまは、間もなくおいでになります」

「うむ……」

宮沢は頷いた。

「どうぞ……」

寺男の作造が宮沢たちに茶を差し出した。

僅かな時が過ぎた。

相良主膳が、左京之介と応海を先導して本堂に現れ、祭壇を背にして座った。

宮沢は、左京之介を見据えて僅かに頭を下げた。

「宮沢どの、左京之介さまと後見役の当寺住職応海さまにございます」

「左京之介さま後見役の応海にござる」

応海は光り輝く頭を下げた。

「左京之介だ」

左京之介は、胸を張り顎をあげて甲高い声で叫ぶように告げた。

「平松家用人の宮沢幸之助にございます。左京之介さまには御機嫌麗しく、恐悦至極にございます」

宮沢は、左京之介に値踏みするかのような眼を向けた。

「うん……」

左京之介は、天井を向いたまま軽薄に頷いた。

宮沢は思わず苦笑した。

「して宮沢どの、平松将監さまにお目通りが叶うのはいつになりましたかな」

相良は悠然と構えた。

「左様、いつになりますか……」

宮沢は嘲笑を浮かべた。

「なに……」

相良は戸惑った。

裏手に廻った二人の家来が、作造を突き飛ばすように本堂に現れた。同時に宮沢と今村たちが立ち上がり、相良や左京之介たちを取り囲んだ。左京之介は怯え、相良と応海の背後に隠れた。

「無礼者」

相良は厳しく一喝した。

「黙れ」

宮沢は刀を抜き、相良に突き付けた。

「宮沢どの、左京之介さまへの無礼、許しませんぞ」

相良は声を震わせた。

「許されなくて結構だ」

宮沢は冷たく笑った。

冷笑には、左京之介や相良たちを闇の彼方《かなた》に葬る覚悟が秘められている。

「おのれ……」

相良は悔しさを浮かべた。

「余は平松左京之介だぞ。無礼を致すと許さぬぞ」

左京之介は、喉を引き攣らせて必死に叫んだ。

「黙れ、下郎」

宮沢は、左京之介を蹴飛ばした。左京之介は、悲鳴をあげて無様に倒れた。

「今村、この者どもを裏庭に引き据えて成敗致せ」

「そいつは拙いな……」

本堂の扉が開いた。

宮沢と今村たちは身構え、相良と定吉たちは戸惑いを浮かべた。

久蔵が現れた。

「おぬしは……」

宮沢は久蔵を見据えた。

「俺は南町奉行所与力秋山久蔵……」

宮沢と今村たち、そして相良と定吉たちは狼狽した。

「そこにいる定吉と相良主膳と一味の者どもを、錺職人の文七を殺した咎で召し捕りに参った」

定吉と相良たちは激しく動揺した。

本堂の表と裏手に弥平次たちが現れた。

「錺職人の文七……」

宮沢は眉をひそめた。

「ああ。丸に揚羽の蝶の紋所の銀簪を作らせ、その秘密が洩れないように殺した。そうだな定吉」

久蔵は、定吉に笑い掛けた。

定吉は、恐怖に顔を醜く歪めて震え上がった。

「ならば何もかも……」

「ああ、下手な狂言。天一坊を真似た騙りだよ」

「おのれ……」

宮沢は、怒りを浮かべて相良に斬り付けようとした。

「待て、宮沢さん。斬るまでもねえ奴らだ。俺たちに任せて貰おう」

久蔵は宮沢を止めた。

「ここは寺、寺社奉行の支配。町奉行所の不浄役人に踏み込まれる謂われはない」

相良は叫んだ。

「煩せえ」

久蔵は一喝した。

「だったら、このまま平松家の方々に始末して貰ってもいいんだぜ」

久蔵は冷たく突き放した。

相良と定吉たちは項垂れた。

「宮沢さん、聞いての通りだ。これ以上、事を荒立てれば、俺たちも見て見ぬふりは出来ねえ。こんな奴らを相手にして平松家の名を汚す事もあるまい。こいつらはお前さんたちがお縄にし、俺たちに引き渡してくれれば良い」

久蔵は笑った。

「それには及ばぬ……」

「よし。みんな……」

弥平次たちが現れ、相良、定吉、左京之介、応海、作造に捕り縄を打とうとした。

突然、相良が雄叫びをあげて刀を抜いた。

刹那、久蔵の刀が閃光を放ち、甲高い音が鋭く鳴った。

相良の刀は弾き飛ばされ、祭壇の傍の太い柱に突き刺さった。

心形刀流の鮮やかな一太刀だった。

「無駄な真似《よ》は止しな」

久蔵は、呆然としている相良を嘲笑った。

相良、定吉、応海、作造は、悄然《しょうぜん》とお縄を受けた。

「俺は知らねえ。俺は一日一朱で雇われただけだ。俺は何も知らねえ」

左京之介は、縛られて歳相応に泣き喚いた。

「お前、本当の名前は何ていうんだ」

弥平次は左京之介に尋ねた。

「金太《きんた》。金太です、う……」

左京之介こと金太は、涙と鼻水にまみれて泣き続けた。

久蔵は苦笑した。

錺職の文七殺しの捕り物は終わった。


大川の流れは冬色に染まり、吹き抜ける風も冷たくなった。

久蔵は、妻の香織を伴って船宿『笹舟』を訪れた。

弥平次と女将のおまきは驚き、久蔵、香織夫婦を座敷に通した。

「いらっしゃいませ……」

お糸は茶を差し出した。

「しばらくでしたね、お糸ちゃん」

香織は、お糸に微笑み掛けた。

「はい。奥さまもお変わりなく……」

「それがお糸ちゃん、少々変わったんですよ」

香織は悪戯っぽく笑った。

「えっ……」

お糸は戸惑い、弥平次やおまきと顔を見合わせた。

「秋山さま……」

弥平次は、久蔵に怪訝な眼差しを向けた。

「うむ。実は今日、親分と女将に頼みがあって来たんだ」

「頼みにございますか……」

「うむ」

「手前どもに出来る事ならなんなりと。なあ、おまき」

「そりゃあもう……」

おまきは頷いた。

「ならば、お糸に一年ばかり屋敷の手伝いに来て貰いたいのだが……」

「お糸をお屋敷に……」

弥平次とおまきは戸惑った。

「お福さんに何か……」

お糸は眉をひそめた。

「いや。お福は相変わらずなのだが、何分にも歳を取り、あの身体でな」

「では……」

「親分、女将さん、私、身籠りましてね。お糸ちゃんに手伝いに来て戴きたいのです」

香織は頬を僅かに染めた。

「身籠られた……」

お糸とおまきは顔を輝かせた。

「それはそれは、おめでとうございます」

弥平次は、満面に喜びを浮かべた。

「ありがとうございます」

香織は礼を述べた。

「成る程、それでお手伝いにお糸を……」

弥平次は頷いた。

「ああ。香織もお福も、気心の知れたお糸が手伝いに来てくれるなら、一番安心だと申してな」

「どうします、お糸……」

おまきは、お糸の判断に任せた。

「私、お父っつぁんとおっ母さんがよろしければ、お手伝いにあがりたいと思います」

お糸は告げた。

「そうだね、お糸。お世話になっている秋山さまのお屋敷にお手伝いにあがり、行儀作法も教えて戴くといいし……」

おまきは勧めた。

「うむ。秋山さまのお役に立つとは、願ったり叶ったりだ」

「はい」

お糸は、嬉しげに頷いて姿勢を正した。

「秋山さま、香織さま、よろしくお願いします」

「ありがとう、お糸ちゃん。こちらこそよろしくね」

「よろしく頼むぜ、お糸」

香織と久蔵は、安心したように微笑んだ。

「はい」

お糸は大きく頷いた。

「しっかりご奉公するんだぞ、お糸」

「はい」

お糸は、秋山家に手伝いに入る事になった。

「親分、女将、お糸は一人娘。用がある時には、いつ呼び戻してくれても結構だぜ」

久蔵は、弥平次とおまきを気遣った。

「親分や女将さんには淋しい思いをさせると思いますが、どうかよろしくお願いします」

香織は、弥平次おまき夫婦に深々と頭を下げた。

「こいつは畏れ入ります」

弥平次とおまきは慌てた。

「さあさあ、お前さん、何はともあれ、お祝いですよ。お祝い」

「そうだ。おまき、お糸、酒の仕度をしな」

おまきとお糸は、慌ただしく座敷を出て行った。

「そうですか、お子が出来ましたか。おめでたいですねえ」

弥平次は、嬉しげに眼を細めた。

「まあな……」

久蔵は、照れ臭そうに茶を啜った。

「与平さんとお福さんも大喜びでしょう」

「そりゃあもう、生まれて来る子が男か女かで大騒ぎだ。ありゃあ、猫可愛がりの爺さんと婆さんになるぜ」

「仕方がありませんよ、二人には初孫が生まれるようなものですから……」

香織は微笑んだ。

肉親との縁の薄い久蔵と香織にとり、与平とお福は奉公人以上の存在なのだ。

「与平さんとお福さん、幸せ者ですよ」

弥平次は、久蔵と香織の情の深さに熱いものを覚えた。

「さあ、お待たせしました」

おまきとお糸が酒と肴を持って来た。

「さあさあ……」

ささやかな酒宴が始まった。

酒宴には、冬の風にも負けぬ温かさが満ち溢れていた。

低く垂れ込めた雲が切れ、一筋の光が冬色の大川に差し込んで煌めいた。

一次文庫　2011年1月　KKベストセラーズ
DTP制作　ジェイ　エスキューブ

文春文庫

秋山《あきやま》久蔵《きゅうぞう》御《ご》用控《ようひかえ》

定価はカバーに
表示してあります

口《くち》封《ふう》じ

2014年1月10日　第1刷

著　者　藤《ふじ》井《い》邦《くに》夫《お》

発行者　羽鳥好之

発行所　株式会社　文藝春秋

東京都千代田区紀尾井町 3-23　〒102-8008
TEL　03・3265・1211
文藝春秋ホームページ　http://www.bunshun.co.jp

落丁、乱丁本は、お手数ですが小社製作部宛お送り下さい。送料小社負担でお取替致します。

印刷・大日本印刷　製本・加藤製本

Printed in Japan
ISBN978-4-16-790008-3

（　）内は解説者。品切の節はご容赦下さい。

蜂谷　涼
月影の道
小説・新島八重
NHK大河ドラマの主人公・新島八重——壮絶な籠城戦に男装で参加、「幕末のジャンヌ・ダルク」と呼ばれた女性の人生を、女心を描いて定評ある著者がドラマティックに描いた長編。
は-35-4

藤井邦夫
養生所見廻り同心　神代新吾事件覚
指切り
北町奉行所養生所見廻り同心・神代新吾。南蛮一品流捕縛術を修業する若く未熟だが熱い心を持つ同心だ。新吾が事件に挑む姿を描く書き下ろし時代小説「神代新吾事件覚」シリーズ第一弾！
ふ-30-1

藤井邦夫
養生所見廻り同心　神代新吾事件覚
花一匁
養生所に担ぎこまれた女と謎の浪人の悲しい過去とは？　白縫半兵衛、手妻の浅吉、小石川養生所医師小川良哲らの助けを借りながら、若き同心・神代新吾が江戸を走る！　シリーズ第二弾。
ふ-30-2

藤井邦夫
養生所見廻り同心　神代新吾事件覚
心残り
湯島で酒を飲んでいた新吾と浅吉は、男の断末魔の声を聞く。そこから立ち去ったのは労咳を煩いながら養生所に入ろうとしない浪人だった。息子と妻を愛する男の悲しき心残りとは？
ふ-30-3

藤井邦夫
養生所見廻り同心　神代新吾事件覚
淡路坂
孫に付き添われ養生所に通っていた老爺が若い侍に理不尽に斬り捨てられた。権力の笠の下に逃げ込んだ相手に、新吾は命を賭した闘いを挑む。その驚くべき方法とは？　シリーズ第四弾。
ふ-30-4

藤井邦夫
養生所見廻り同心　神代新吾事件覚
人相書
神代新吾事件覚シリーズ第五弾。南蛮一品流捕縛術を修業する、若き同心が、事件に出会いながら成長していく姿を描く痛快作。人相書にそっくりな男を調べる新吾が知った「許せぬ悪」とは!?
ふ-30-7

藤井邦夫
秋山久蔵御用控
神隠し
「剃刀」の異名を持つ、南町奉行所吟味方与力・秋山久蔵の活躍を描く、人気シリーズ第一作が文春文庫から登場。江戸の悪を、久蔵が斬る!!　多彩な脇役も光る。
ふ-30-6

文春文庫　書きおろし時代小説

藤井邦夫
帰り花
秋山久蔵御用控

南町奉行所与力・秋山久蔵の活躍を描くシリーズ第二作。久蔵の義父が辻斬りにあって殺された。調べを進めるとそこには不可解な謎が。亡妻の妹の無念を晴らすため久蔵が立ち上がる！

ふ-30-8

藤井邦夫
迷子石
秋山久蔵御用控

〝迷子石〟に、尋ね人の札を貼る兄妹がいた。探しているのは、押し込みを働き追われる父。探索を進める久蔵は、押し込み犯の背後にさらに憎むべき悪党がいると睨む。シリーズ第三弾。

ふ-30-9

藤井邦夫
埋《うず》み火《び》
秋山久蔵御用控

掘割に袋物屋の内儀の死体が上がった。内儀は入り婿と離縁しておりそれが原因と思われたが、元夫は係わりがないらしい。久蔵は、離縁の裏に潜んでいるものを探る。シリーズ第四弾。

ふ-30-10

藤井邦夫
空《うつ》ろ蟬《ぜみ》
秋山久蔵御用控

隠密廻り同心が斬殺された。久蔵は事件の真相を追って〝無法の地〟と呼ばれる八右衛門島に潜入した。そこで彼の前に現れた、伽羅の匂いを漂わせる謎の女は何者か。シリーズ第五弾。

ふ-30-12

藤井邦夫
彼岸花
秋山久蔵御用控

般若の面をつけた盗賊が、金貸しの屋敷に押し込み金を奪ったうえ主を惨殺した。久蔵は恨みによるものと睨むが…。夜盗の哀しみと〝剃刀久蔵〟の恩情裁きが胸を打つ、シリーズ第六弾。

ふ-30-13

藤井邦夫
乱れ舞
秋山久蔵御用控

浪人となった挙げ句に人を斬った幼な馴染みは、「公儀に恨みを晴らす」という言葉を遺して死んだ。友の無念に、〝剃刀〟久蔵は隠された悪を暴くことを誓う。人気シリーズ第七弾。

ふ-30-14

藤井邦夫
花始末
秋山久蔵御用控

往来ですれ違いざまに同心が殺された。久蔵はその手口から、人殺しを生業とする〝始末屋〟が絡んでいると睨み探索を進めるが、逆に手下の一人を殺されてしまう。シリーズ第八弾！

ふ-30-16

（　）内は解説者。品切の節はご容赦下さい。

藤井邦夫
秋山久蔵御用控
騙《かた》り者《もの》

油問屋のお内儀が身投げした。御家人の秋山久蔵と名乗る男に脅された果てのことだという。事の真相は、そして自分の名を騙った者は誰なのか、久蔵が正体を暴き出す。シリーズ第九弾。

ふ-30-17

藤井邦夫
秋山久蔵御用控
傀儡師《くぐつし》

心形刀流の使い手、「剃刀」と称され、悪人たちを震え上がらせる、南町奉行所吟味方与力・秋山久蔵の活躍を描くシリーズ十四弾が登場。何者にも媚びない男が江戸の悪を斬る!!

ふ-30-5

藤井邦夫
秋山久蔵御用控
余計者

筆屋の主人が殺された。姿を消した女房と手代が事件に絡んでいると見られたが、久蔵は残された証拠に違和感を覚え、手下にさらなる探索を命じる。人気シリーズ書き下ろし第十五弾。

ふ-30-11

藤井邦夫
秋山久蔵御用控
付け火

捕縛された盗賊の手下が、頭の放免を要求して付け火を繰り返した。南町奉行は、久蔵に探索の日切りを申し渡した。久蔵は期限までに一味を捕えられるのか。書き下ろし第十六弾！

ふ-30-15

藤原緋沙子
切り絵図屋清七
ふたり静

絵双紙本屋の「紀の字屋」を主人から譲られた浪人・清七郎は、人助けのために江戸の絵地図を刊行しようと思い立つ。人情味あふれる時代小説書下ろし新シリーズ誕生！　（縄田一男）

ふ-31-1

藤原緋沙子
切り絵図屋清七
紅染の雨

武家を離れ、町人として生きる決意をした清七。与一郎や小平次らと切り絵図制作を始めるが、紀の字屋を託してくれた藤兵衛からおゆりの行動を探るよう頼まれて……新シリーズ第二弾。

ふ-31-2

藤原緋沙子
切り絵図屋清七
飛び梅

父が何者かに襲われ、勘定所に関わる大きな不正に気づく清七。武家に戻り、実家を守るべきなのか。切り絵図屋も軌道に乗ったばかりだが——。シリーズ第三弾。

ふ-31-3

八木忠純
蜘蛛《くも》の巣店《すだな》
喬四郎　孤剣ノ望郷

悪政を敷く御国家老に父を謀殺された有馬喬四郎は、江戸の蜘蛛の巣店に身を潜めて復讐を誓う。ままならぬ日々を懸命に生きる喬四郎と、ひと癖ふた癖ある悪党どもが繰り広げる珍騒動。

や-47-1

八木忠純
おんなの仇討ち
喬四郎　孤剣ノ望郷

喬四郎の身辺は騒がしい。刺客と闘いながら、日銭稼ぎの用心棒稼業。思いを寄せるよいも、父の敵を探しているという。偽侍の西田金之助は助太刀を買ってでる腹づもりのようだが……。

や-47-2

八木忠純
関八州流れ旅
喬四郎　孤剣ノ望郷

虎の子の五十両を騙り取られた喬四郎は、逃げた小悪党を追って利根川筋をたどる。だが、無頼の徒が跳梁する関八州のこと、たちまち揉め事に巻き込まれ、逆に八州廻りに追われる身に。

や-47-3

八木忠純
修羅の世界
喬四郎　孤剣ノ望郷

宿願は仇討ち。先立つものは金。刺客と闘いながらも懐の具合が気にかかる喬四郎。今度の仕事は御門番へ届ける弁当の護衛。やさしい仕事と思いきや、高い給金にはやはり裏があった！

や-47-4

八木忠純
目に見えぬ敵
喬四郎　孤剣ノ望郷

喬四郎は二つの決断を迫られていた。一に、手習塾の代教という仕事を引き受けるべきか。二に、美貌の娘・咲と所帯を持つべきか。宿願を遂げるためには、いずれも否とせねばならぬが……。

や-47-5

八木忠純
謎の桃源郷
喬四郎　孤剣ノ望郷

かつておのれを襲った刺客の背後に、御三家水戸藩の後嗣問題と、世を揺るがす陰謀のあることを知った喬四郎。宿敵・東条兵庫を倒すために、もうこれ以上の遠回りはしたくないのだが。

や-47-6

八木忠純
さらば故郷
喬四郎　孤剣ノ望郷

宿敵・東条兵庫の奸計に嵌まり重傷を負った喬四郎は、桃源郷と呼ばれる村に身を隠す。同じ頃、故郷・上和田表では、打倒兵庫の気運が高まっていた。大人気シリーズ完結篇。

や-47-7

（　）内は解説者。品切の節はご容赦下さい。

あさのあつこ
燦《さん》 —1— 風の刃《やいば》
疾風のように現れ、藩主を襲った異能の刺客・燦。彼と剣を交えた家老の嫡男・伊月。別世界で生きていた二人には隠された宿命があった。少年の葛藤と成長を描く文庫オリジナルシリーズ。
あ-43-5

あさのあつこ
燦 —2— 光の刃
江戸での生活がはじまった。伊月は藩の世継ぎ・圭寿と大名屋敷住まい。長屋暮らしの燦と、伊月が出会った矢先に不吉な知らせが。少年が江戸を奔走する文庫オリジナルシリーズ第二弾！
あ-43-6

あさのあつこ
燦 —3— 土の刃
「圭寿、死ね」。江戸の大名屋敷に暮らす田鶴藩の後嗣に、闇から男が襲いかかった。静寂を切り裂き、忍び寄る魔の手の正体は。そのとき伊月は、燦は。文庫オリジナルシリーズ第三弾。
あ-43-8

井川香四郎
男ッ晴れ　樽屋三四郎　言上帳
奉行所の目が届かない江戸庶民の人情と事情に目配りし、事件を未然に防ぐ闇の集団・百眼と、見かけは軽薄だが熱く人間を信じる若旦那・三四郎が活躍する書き下ろしシリーズ第1弾。
い-79-1

井川香四郎
ごうつく長屋　樽屋三四郎　言上帳
長屋の取り壊し問題で争う地主と家主、津波で壊滅した町の再建に文句ばかりで自分では動かない住人たち。百眼の潜入捜査、名主たちとの連携プレーで力を尽くす三四郎シリーズ第2弾。
い-79-2

井川香四郎
まわり舞台　樽屋三四郎　言上帳
幼馴染の佳乃と出かけた芝居小屋が狐面の男たちにのっとられた！　観客を人質に無茶な要求をする彼らの狙いとは？　清濁あわせのむことを覚えつつ、成長する三四郎シリーズ第3弾。
い-79-3

井川香四郎
月を鏡に　樽屋三四郎　言上帳
借金を返せない武士が連れて行かれたのは寺子屋。「子どもを教えろ」という貸主の背後には陰謀が渦巻いていた。樽屋には今日も江戸中から揉め事が持ち込まれる。三四郎シリーズ第4弾。
い-79-4

井川香四郎
福むすめ　樽屋三四郎　言上帳

貧乏にあえぐ親が双子の姉妹の姉だけ吉原に売った。長じて再会した時、姉は盗賊の情婦だった。「吉原はつぶすべきです！」庶民の幸せのため奉行に訴える三四郎。熱いシリーズ第5弾。

い-79-5

井川香四郎
ぼうふら人生　樽屋三四郎　言上帳

川に大量の油が流れ出た！　大打撃を受けた漁師たちが日本橋の樽屋屋敷に押しかけた。被害を抑えようと、率先して走り回る三四郎だったが、そんな時——男前シリーズ第6弾。

い-79-6

井川香四郎
片棒　樽屋三四郎　言上帳

富籤で千両を当てた興奮で心臓が止まった金物屋。死体を運ぶことになった駕籠かきの二人組は事件に巻き込まれる。金のために人を殺めるのは誰だ？　正念場のシリーズ第7弾。

い-79-7

井川香四郎
雀のなみだ　樽屋三四郎　言上帳

銅吹所からたれ流される鉱毒に汚された町で体調不良に苦しむ町人。「こんな雀の涙みたいな金で故郷を捨てろというのか！」大規模な問題に立ち向かう三四郎。シリーズ第8弾。

い-79-8

風野真知雄
耳袋秘帖
妖談うしろ猫

名奉行根岸肥前守のもとに、伝次郎が殺されたとの知らせが入る。下手人と目される男は「かのち」の書き置きを残して、失踪していた。江戸の怪を解き明かす新「耳袋秘帖」シリーズ第一巻。

か-46-1

風野真知雄
耳袋秘帖
妖談かみそり尼

高田馬場の竹林の奥に棲む評判の美人尼に相談に来ていたという女好きの若旦那が、庵の近くで死体で発見された。はたして尼の正体とは。根岸肥前守が活躍する、新「耳袋秘帖」第二巻。

か-46-2

風野真知雄
耳袋秘帖
妖談しにん橋

「四人で渡ると、その中で影の消えたひとりが死ぬ」という「しにん橋」の噂と、その裏にうごめく巨悪の正体を、赤鬼奉行・根岸肥前守が解き明かす。新「耳袋秘帖」シリーズ第三巻。

か-46-3

（　）内は解説者。品切の節はご容赦下さい。

風野真知雄
耳袋秘帖
妖談さかさ仏

処刑寸前、仲間の手引きで牢破りに成功した盗人・仏像庄右衛門は、下見に忍び込んだ麻布の寺で、仏像をさかさにして拝む不思議な僧形の大男と遭遇する——。新「耳袋秘帖」第四巻。

か-46-4

風野真知雄
耳袋秘帖
妖談へらへら月

年の瀬の江戸で、「そろそろ、月が笑う」と言い残して、人がいなくなる「神隠し」が頻発し、その陰に「闇の者」たちと幕閣の危険な動きが……。「妖談」シリーズ第五巻。

か-46-11

風野真知雄
耳袋秘帖
妖談ひとき り傘

雨の中あでやかな傘が舞うと人が死ぬ。毛の雨が降り、川が血の色に染まる江戸の〝天変地異〟と連続殺人事件の謎に根岸肥前が迫る！

か-46-20

風野真知雄
耳袋秘帖
赤鬼奉行根岸肥前

奇談を集めた随筆『耳袋』の著者で、御家人から南町奉行へと異例の昇進を遂げた根岸肥前守鎮衛が、江戸に起きた奇怪な事件の謎を解き明かす。「殺人事件」シリーズ最初の事件。（縄田一男）

か-46-7

風野真知雄
耳袋秘帖
八丁堀同心殺人事件

組屋敷がある八丁堀で、続けて同心が殺される。死んだ者たちは、かつての田沼派だった。奉行の沽券に係わるお膝元での殺しに、根岸はどうするか。「殺人事件」シリーズ第二弾。

か-46-8

風野真知雄
耳袋秘帖
浅草妖刀殺人事件

奉行所の中間・与之吉は、凶悪な盗人「おたすけ兄弟」が、神社の境内に大金を隠すところを目撃、その金を病気の娘のために使い込んでしまうが……。「殺人事件」シリーズ第三弾。

か-46-9

風野真知雄
耳袋秘帖
深川芸者殺人事件

根岸の恋人で深川一の売れっ子芸者力丸が、茶屋から忽然と姿を消し、後輩の芸者も殺されて深川の花街は戦々恐々。はたして力丸の身に何が起きたのか？　「殺人事件」シリーズ第四弾。

か-46-10